三号輸送艦帰投せず——目次

三号輸送艦帰投せず

輸送艦かく戦えり

三号輸送艦帰投せず

——苛酷な任務についた知られざる優秀艦

三号輸送艦帰投せず

1　僚艦「名取」との別れ

昭和十九年八月十三日午前八時、軍艦「名取」および第三号輸送艦（以下、三号艦と略す）は、フィリピン群島セブ島から、西太平洋のパラオ島に向け、緊急物資輸送のため出撃した。出撃してまもなく、

「通信諜報によれば、敵機動部隊は比島東方海面にある算大なり。引き返せ」

とのマニラ海軍司令部からの指令を受け、ふたたびセブ桟橋に横づけした。

敵情もさることながら、月明の関係上、これ以上の日延べはできなくなってきた。そこで両艦は、十六日午前七時、セブを出撃して同日夕刻には、ルソン島とサマール島との間にある、サンベルナルジノ海峡西側の泊地に仮泊した。そして翌十七日午前七時に抜錨し、同海峡を高速で東方に向けて突っ切った。

去る六月、アメリカ攻略部隊は、マリアナ諸島に敵前上陸を敢行し、その戡定作戦《かんていさくせん》（敵地を武力で平定すること）も終わり、そこから大型航空機が蠢動《しゅんどう》をはじめてきた。マニラ司令

部としては、この大型機が活躍をはじめる前に、パラオ島に対して緊急輸送を完了しなければならなかった。このため、マニラ港に停泊していた軍艦「名取」と三号輸送艦が、この任務に当たることになった。

戦況、それに月明の関係上、今回が最後のパラオ輸送と思われるので、両艦艦長はマニラ出撃に当たって、つぎのように打ち合わせた。

「途中、どちらが被害を受けても、無傷の艦は、被害艦とその乗員を見捨てて、パラオ輸送の任務を達成しよう」

外見上は二隻の編隊航行だが、僚艦を救助艦にみなされない、きわめて厳しい条件下の輸送となった。そして燃料補給のため、ひとまずセブ島に寄港したわけである。

フィリピン群島は、南北千八百五十キロ、東西千六十二キロの海域に、七千百以上の島が点在している。日本軍はフィリピン群島を、一応占領しているが、内海に当たるマニラからセブ島にいたる海域にも、この時機には敵潜水艦が出没していて、敵地同様に油断ならなかった。

敵機動部隊からの艦載機の来襲も懸念されたし、さらにはマリアナ群島から敵大型機も飛んでくるようになってきた。敵は日本の補給線を断ち切ろうと、日本の艦船を見つけては、大小の区別なく撃沈するまで執拗に反覆攻撃をしてきた。

セブ島は、さして大きな島でもないのに、港には七千トン級の船舶が横づけできる桟橋があり、海岸線には幅十メートルの舗装道路が設けてあった。日本では、大都市でも舗装道路の珍しかった当時、この小さな島に立派な道路と大きな桟橋があるので、私たち日本人は驚いた。「まず桟橋と道路を造る」という、アメリカの植民地政策の一端を垣間《かいま》見た感じだった。

それにしても、中部太平洋のトラック島のことが思い出される。私はここにやってくるまでの一年間、トラック島の警備に当たっていた。同島は開戦当時、日本委任統治地になってからすでに二十数年を経過していたし、開戦後は日本最大の前進根拠地にもなっていた。しかし、トラック島には、輸送船を横づけできる桟橋もなかったし、舗装道路もなかった。輸送船は沖に錨泊し、陸揚げのためには数多くの艀《はしけ》が往き来した。このため輸送船は、荷役のため十日以上も停泊していた。直接戦闘力の増強に狂奔するあまり、補給などの間接対策をなおざりにする、日本の弱点をさらけ出していた。

軍艦「名取」と共に“最後のパラオ輸送”に出撃した第三号輸送艦艦長・浜本渉少佐。

それはそれとして、セブ桟橋をはさんで、「名取」は右舷を、三号艦は左舷を横づけした。幸い、この日は空襲もなかったので、両艦の乗員は桟橋を歩いて、しばし戦塵を忘れ、陸地の感触を楽しんだ。

三号艦の村田一等機関兵は、このときにはじめて、軍艦の艦首にある「菊の御紋章」をまぢかに見た。さすがに軍艦のは大きくて立派だなあーと見とれていたとき、「名取」の上甲板から、「村田！」と呼びかけられた。見上げると、横須賀の海軍工機学校における、普通科練習生課程で机を並べていた同期の南兵長が立っていた。

懐かしさのあまり、こちらからも大声で、「南兵長！」と叫んだ。南兵長が、しきりに自分の艦内帽を指さすので、よく見たら黒い線が一本巻いてあった。それは、下士官に任官したことを示していた。

「南兵曹、任官おめでとうございます」

と、あらためて祝辞を言いなおして歓談した。

明日をも知れない者同士が、前線で偶然にめぐり会うことは、めったにないことだった。

二人は、おたがいの武運長久を祈りながら、再会を約して別れた。

しかし、二、三日もたたないうちに、南兵曹が「名取」と運命をともにし、これが最後の別れになろうとは知る由もなかった。

＊

八月十七日、軍艦「名取」と第三号輸送艦は、サンベルナルジノ海峡を通過して間もなく、敵大型機の触接を受けた。

そこでやむなく、中部太平洋のトラック島に向かう偽装航路をとった。このような航路を走ったことは、マリアナ諸島からの大型機に対する配慮もあったが、サンベルナルジノ海峡とパラオ島とを結ぶ航路に待ち伏せている、敵潜水艦をかわす狙いもあった。そのためかどうかは分からないが、幸いこの日の日中は、飛行機も潜水艦も攻撃してこなかった。

これより先の八月十五日午前十一時、味方哨戒機は、マニラの九十六度四百六十六マイルの地点に敵の浮上潜水艦一隻を発見していた。「名取」部隊は、この敵潜を回避するため、十八日零時に同地点の南百十マイルを通過するように、予定航路を変更した。

同夜、敵潜水艦が使用する夜間電波を傍受してみると、高い感度でどんどん入ってくる。暗号解読はできないが、付近に数隻の敵潜が行動していると推察できた。

両艦は、いっそう警戒を厳しくして航行した。そして敵潜の攻撃をかわすため、之字《のじ》運動（艦の針路を察知されないように右に左に舵をとる）を実施した。このため「名取」は三号艦を、右に見ることもあったし、左に見ることもあった。

十八日午前二時すぎ、スコールを出て間もなく、右側に見える三号艦から、青色の信号拳銃一発が発射された。

「右舷に雷跡見ゆ」との、両艦の間の規約信号だった。「名取」の当直将校は、

「右見張り、雷跡は見えないか」

と叫んだ。ややしばらくして、見張員の、

「右百二十度、雷跡！」

の報告で当直将校はとっさに、

「面舵《おもかじ》一杯《いっぱい》、急げ！　両舷前進全速」

と号令をかけたが、魚雷回避の回頭惰力がつく前に、魚雷一発が命中した。

夜間は敵潜の潜望鏡を発見しにくいので、「名取」の付近にいては、共倒れになる恐れがある。そこで三号艦は、ひとまず北方に退避して、「名取」がマニラ司令部あてに発信する電報を、傍受しようと待ちかまえていた。

「十八日二時四十分、敵潜の雷撃を受け、一発命中。北緯十二度五分、東経百二十九度六分。損害大なるも、いまのところ沈没の恐れなし。航行不能」

の第一電につづいて、

「西方に向け航行中、速力六ノット」

の第二電を受け取った。三号艦の浜本渉艦長としては、「名取」が自力航行をしているとの電報を見て一安心した。夜明けを待って「名取」に接近し、「名取」艦長・久保田智大佐の指示を受けることにした。

三号艦が「名取」に近づいてきたのは、「名取」の航海士・星野秋郎少尉（現姓、浜田）が、日出時の艦位を測定して、艦長および航海長・小林英一大尉に報告しているときだった。

久保田艦長は、三号艦を見やりながら、同艦あての発光信号を送らせた。

「本艦にかまわず、予定どおり行動されたし。貴艦の輸送任務達成と、武運長久を祈る」

三号艦は去りがたい風情で、「名取」の周囲を大きく二回あまり回った。やがて、

「われ、予定どおりパラオに向かう」

との発光信号を送って、傷ついた僚艦「名取」と、その乗員に心引かれながらも、任務大事とパラオに向かった。

三号艦は、待ち伏せている敵潜を振り切って、八月二十日の夜明け、パラオ環礁の北側入口であるヨオ水道に、ぶじ到達した。水道入口で座礁した駆逐艦が、懸命に離礁作業に取り組んでいたが、作業は難渋しているようすだった。

ここパラオ諸島は、ヨオ水道からコロール島の岸壁まで、巡航速力十二ノットで一時間以上もかかる広大な環礁を持っている。トラック島が二月の大空襲で、前進根拠地としての機能を失ったので、日本軍としては、ここパラオ島を代替地として育成する計画だった。

大型機による偵察能力にすぐれたアメリカは、早くもわが企図を見破って、去る三月、パラオに大空襲を仕かけてきた。そのため環礁内には、傾いて赤腹を出した船、擱座して沈没をまぬかれた船などが、あちらこちらで無残な姿をさらしている。

トラック島の大空襲では、武運強く生き残った工作艦「明石」も、ここではとうとう止めを刺されていた。

三号艦は、浜本渉艦長のみごとな操艦によって、岸壁の目指す場所に横づけした。当直将校が号令した。

「見張り、対空関係員そのまま。手空《てあ》き総員、輸送物件陸揚げ方。急げ！」

横づけ中に空襲を受けると、まったくのお手上げである。被弾回避運動はできないし、苦労して運んできた物件を燃やしてしまうことになる。艦としては、横づけ時間をできるだけ短くしなければならない。

陸上部隊としては、せっかく運んでもらった物資を空襲で燃やしては申しわけないと、トラックを総動員して運び出している。陸揚げする側と受け取る側との呼吸もぴったり合って、作業はとんとん拍子に進んでいった。

陸上部隊の話では、マリアナ諸島を基地とする大型機が、毎晩正子《ね》ごろ、定期便のように飛んでくるから、岸壁で照明しての夜間陸揚げは危険ということであった。そこで三号艦は、日没後、工作艦「明石」の付近に錨泊し、艀《はしけ》を使って陸揚げすることになった。予想どおり正子ごろ、大型機一機が飛んできたが、攻撃を仕かけてはこなかった。

その翌日、三号艦は復路の燃料補給を受け、マニラ司令部の指示によりマニラに向かうことになった。

ヨオ水道の入口では、昨日と同様に、駆逐艦の離礁作業がつづけられていた。

マニラに向かう途中、三号艦は「名取」が航行していると予想される海域を、行きつ戻りつ丹念に捜索してみたが、なんらの手掛かりも発見することはできなかった。「名取」とその乗員のぶじを祈りながら、マニラへの道を急いだ。

浜本艦長の報告を受けて、マニラ海軍司令部は、輸送能力のすぐれた三号艦の活躍に、喜びもし、また賛辞をも惜しまなかった。

2　魔のバシー海峡へ

思えば去る七月、三号艦は、公試運転および搭載兵器の性能試験も終わり、きたるべき外地出撃をひかえて、呉軍港で待機していた。艦長浜本渉少佐としては、十分に戦力を発揮するためには、少なくとも後一、二ヵ月間は就役訓練を行なうことを要望したが、マニラ海軍司令部からは、戦況極度に逼迫《ひっぱく》した折柄、一日も早くマニラに進出するよう強硬な催促が相ついだ。

この意見の食い違いには、司令部には司令部の言い分があり、艦側には艦側の言い分があった。

正式名称を一等輸送艦というこの種の輸送艦は、一号艦、二号艦が三菱造船の横浜造船所で建造され、相前後して三号艦、四号艦が呉海軍工廠で建造された。同時に着工され、並行して工事を進めていた弟分の四号艦は、すでに半月も前から前線で活躍しているのに、三号艦は何をぐずぐずしているのかというのが、司令部の言い分である。

三号艦は公試運転において、転舵によって予想以上に傾斜したため、工作旋盤が側壁にぶつかって壊れてしまった。そのため、旋盤の換装に手間どり、四号艦にくらべて竣工が半月ほど遅れたわけである。出撃が遅れているのは、艦側の責任ではなく、非は工廠側にあるというのが、艦側の言い分である。

加えて、輸送艦は一本脚《いっぽんあし》である。推進軸が一本のことを、海軍では船乗り用語として、このように言っていた。駆逐艦のように二本脚なら、片方が故障しても残る片方で航海できる。一本脚の輸送艦としては、運転員の訓練もさることながら、機械そのものの慣らし運転も必要だった。

司令部としては、そのような艦側の意向は理解できるが、一、二ヵ月後と予想されるパラオ島攻防戦に備えて、緊急物資を早急にパラオに輸送しなければならなかった。

思い起こすと、開戦以来の五ヵ月間、日本海軍は、ハワイ空襲、マレー沖海戦につづくインド洋作戦と、太平洋およびインド洋において連合軍の海軍を蹴散《けち》らした。これらの作戦は、一見とても華やかに見えるが、国運を左右する艦隊決戦とはいえなかった。日本海軍としては、工業生産力のすぐれた連合軍が相手だけに、短期決戦に持ちこみたかった。

そこで日本海軍は、昭和十七年六月、中部太平洋ミッドウェー島付近にアメリカ艦隊を誘い出し、一気に黒白をつける作戦に出た。ところが、戦運は我に味方せず、逆に大敗を喫《きっ》した。これまで華やかだった日本機動部隊の活躍も、ここで終止符を打つことになってしまった。

反撃の機会を狙っていたアメリカは、昭和十七年八月、ソロモン群島ガダルカナル島に敵前上陸を敢行して、完成直前のわが飛行場（後にヘンダーソン飛行場と命名）を支配することになった。わが陸海軍が協力した必死の反撃も功を奏せず、日本軍は自分たちが造成した飛行場によって苦しめられることになった。こうして日本は、敵の制海権、制空権の海域に、糧食、弾薬を挺身輸送する苦境に立たされた。

船脚《ふなあし》の遅い輸送船では、敵の空襲圏内への輸送は期待できないので、海軍艦艇を使用することになった。しかし、当時の日本海軍には、輸送目的のために建造された艦艇はなかったので、駆逐艦および潜水艦を使用した。これらの艦艇が、ときには隠密輸送を、そしてときには強行輸送をくりかえしていた。

これらの艦艇はもともと、艦隊決戦の補助兵力として設計され、居住性を犠牲にして兵装を強化してあり、貨物を輸送できる余裕は非常に少なかった。また、荷役設備もないので、敵を目前にしての荷役作業も手間取った。アメリカとしては、日本の補給を断ち切れば勝てると、補給の妨害に全力を尽くしてきた。

ガダルカナル島の攻防戦がはじまった当初、昼間は敵機に傷めつけられるが、夜戦では日本海軍が優位に立っていた。その後、アメリカが、電探《レーダー》攻撃を仕掛けてくるようになってからは、夜戦でも太刀打ちできなくなってきた。そのため日本は、輸送実績のわりには被害が大きくなり、昭和十八年二月には、ついにガダルカナル島を放棄するのやむなきにいたった。

もし、日本に高速の輸送艦があれば、ガダルカナル作戦はもっと有利に展開できただろうと、死児の齢を数えることになった。

アメリカ軍はソロモン群島をつぎつぎに蚕食《さんしょく》し、余勢をかってニューギニア各地の日本軍を各個撃破し、日本軍を次第に西部ニューギニアに追いつめていった。この間、北はキスカ、アッツから、中部太平洋のマーシャル諸島、南はギルバート諸島に敵が来襲してきたが、駆逐艦か潜水艦で食糧・弾薬を申しわけ的に隠密輸送するのが精一杯で、増援部隊の輸送など思いもよらなかった。

思い起こすと、日本が進攻作戦をつづけていた当時、勢いにまかせて戦略価値の少ない島《とう》嶼《しょ》を占領したこともあったが、アメリカの反攻がはじまってみると、これらの島嶼に対する補給は、日本海軍にとって大きな重荷としてのしかかってきた。

開戦当初、アメリカの反攻に対しては、中部太平洋マーシャル諸島を最後の防衛線と策定していたが、そのマーシャル諸島も、昭和十八年末には、すでに敵の手中に帰した。さらに、昭和十九年二月には、日本最大の前進根拠地のトラック島は、ハルゼー機動部隊の二日間にわたる徹底的な空襲にさらされ、ついに完全にその機能を失ってしまった。

相つぐ敗け戦《いくさ》の日本は、アメリカのマリアナ諸島（サイパン・テニアン・グアム）来襲にさいしては、日本の国運を賭《か》けて乾坤一擲《けんこんいってき》の一戦をまじえることになった。しかし、昭和十九年六月、日本海軍は、国運を賭けたマリアナ海戦にも敗れて、ここでも増援部隊を送る目安は立たなかった。そこで日本海軍としては、マリアナ諸島を放棄する代わりに、アメリカがつぎに狙うフィリピン群島の増強をはかることになった。

そして、その前哨戦として、パラオ諸島の攻防戦が予想されていた。このためマニラ海軍司令部としては、海軍艦艇によるパラオ諸島への強行輸送を急がなければならなかった。

第三号輸送艦は、排水量千八百トンで、海軍艦艇の中では小型の部類に属するが、敵の勢力圏内を高速で突っ走り、短時間に積み荷を陸揚げできるように設計されていた。

小型艦ながら、貨物二百六十トンの船艙があり、貨物積み下ろし用のデリックも装備され

昭和19年、呉海軍工廠で三号輸送艦とともに建造された四号輸送艦。排水量1800トン。貨物 260 トンの船艙を持ち、その大きな輸送能力を期待された。

ていた。後甲板には構造物もなく、緩い傾斜面になっていて、艦尾は海面まで坂のように下がっていた。左右両舷には、それぞれ二条のレールが設けてあり、四隻の大発（十四メートル特型運貨船）が貨物を満載したままで、全速航行中の本艦の艦尾から着水できるように設計してあった。

この輸送艦があったならば、ガダルカナルの戦闘も、その様相が変わっただろうと言われるほどの大きな輸送能力を持っている。このためマニラ海軍司令部は、三号艦のマニラ進出を、一日千秋の思いで待っていた。

＊

去る七月、三号艦は懐かしの母港・呉軍港を後にして、瀬戸内海を西に向けて走った。これがこの世の見おさめになるかもしれないと、手空《てあ》きの乗員たちは、内地の山や島を、食い入るような眼差《まなざ》しであかずに眺めていた。

関門海峡を東から西に抜けて、六連島《むつれじま》あたりに投錨したのは、暮色の迫るころだった。

一夜明けてみると、驚いたことに、付近にはおびただしい数の輸送船が停泊していた。数えてみたら十九隻いて、輸送船のほかに駆逐艦、海防艦などの護衛艦艇も四、五隻、たのもしい姿を見せていた。三号艦の初仕事は、この輸送船団を、マニラまで護送することだった。

船団を組んで航行する場合、船団の速力は、船団を構成する船の最低速力に合わせることになる。このため船団の速力は、六ないし八ノット（一ノットとは一時間に千八百メートル進む速さ）となり、デンデン虫が地を這《は》うような遅さである。このような低速では、敵潜水艦にとってはまさにおあつらえ向きの獲物である。

幸い、最初の二、三日間は、水上偵察機一機が、九州各地から代わりばんこに飛んできて、前路警戒をしてくれたので心強かった。だが、その後は上空直衛機が来なくなり、船団が自前で警戒することになった。見張員の緊張も高まったし、非番の者も、瀬戸内海の航海とは一味ちがう警戒心を持って休むようになった。

南方に向かって航海するので、艦内は日増しに暑くなってきた。とくに追い風のときには、やりきれない暑さになってきた。

台湾の高雄入港にさいしては、地元の基地隊から飛行機と艦艇を出動させて、厳重な前路警戒に当たってくれた。

船団はお陰で、事故もなくぶじに入港することができたが、いよいよ前線にやってきたという緊張感を、乗員だれしもが肌で感じていた。また、ここは、船団の墓場・バシー海峡をひかえているだけに、手放しで喜ぶ心境にはなれなかった。

そのバシー海峡を、幸運にも平穏ぶじに通過して、やれやれ一安心と胸をなでおろしていた矢先、マニラ湾の入口で、海防艦一隻が、敵潜水艦の雷撃で撃沈された。

フィリピン群島の最大の前進根拠地マニラ周辺にも、敵潜水艦が横行していることは、戦局が極度に悪化している証拠で、前途多難をあらためて思い知らされた。

それにしても、その当時、内地からマニラへの十隻の船団で、マニラにたどり着くのは、一隻か二隻といわれていた。

マニラ海軍司令部としては、三号艦の初仕事は上出来と、喜んで三号艦を迎えた。

3　輸送艦について

世間一般で使われている言葉の中には、つぎのようにまぎらわしいいくつかの言葉がある。

「運送船」「運送艦」「輸送船」「輸送艦」

読者の中には、さっきは輸送船と書いてあったが、ここには輸送艦と書いてある。これはきっと、どちらかが、活字の間違いではないかと、思う人もいるに違いない。また、輸送艦と聞いて輸送船を連想し、その語感から、前線より遠く離れたはるか後方で、なにか物資を運ぶ役割をになっている船だと思う人もいるだろう。

筆者は海軍兵学校を卒業し、戦時中は軍艦乗りとしてつねに第一線で勤務し、世間からは職業軍人（筆者はこの言葉を好きでない）と呼ばれている。その筆者自身、正直のところ、こうして輸送艦について調査するまで、その役割について十分な知識を持っていなかった。

これらの言葉のうち、海軍の正式名称には、運送艦と輸送艦はあるが、運送船と輸送船はない。運送艦は特務艦の一種であり、輸送艦は小艦艇に分類されている。

特務艦には、給油艦、軽質油運搬艦、砲塔運搬艦、標的艦、その他（測量艦、給糧艦）などがあり、原則として、みずから敵に攻撃を仕掛けるわけではなかった。

小艦艇は、砲艦、海防艦、輸送艦、掃海艇、駆潜艇、敷設艇、特務艇などに分類され、それ相当の攻撃兵器も装備されている。小艦艇は、軍艦（戦艦、航空母艦、巡洋艦、水上機母艦など）、駆逐艦、潜水艦のように、国運を賭けた艦隊決戦の決戦場裡において、主力、あるいは補助兵力として戦闘するわけではない。しかし、小艦艇は、決戦場裡に準ずる海域において、ある特殊目的の活躍をする艦種である。

輸送艦と運送艦は似通った言葉だが、両艦はこのように氏素姓がまったく違う。

つぎに輸送艦は、いつ、どのような目的で建造されたかについて述べてみよう。輸送艦は、敵の制空圏内で高速輸送を目的とした一等輸送艦と、戦車運搬を目的とした二等輸送艦の二種類に分類されている。

㈠　一等輸送艦

ソロモン群島ガダルカナル島の攻防戦において、日本は敵の制空圏内に、弾薬、糧食を運搬することになった。速力の遅い輸送船では、目的地に到達できる見込みは立たないので、海軍の駆逐艦、潜水艦を使用することになった。

駆逐艦、潜水艦はもともと、艦隊決戦の補助兵力として、兵装重視で設計されているので、物資積載量は少なかった。くわえて輸送実績にくらべ、駆逐艦、潜水艦の損害が大きくなったので、ガダルカナル島を放棄するのやむなきにいたった。

この戦訓にかんがみ軍令部は、昭和十八年九月、新しい艦種として、つぎのような輸送艦の設計を企画した。

公試排水量＝千八百トン（基準排水量千五百トン）
速　　力＝二十二ノット（機関、タービン一軸）
主　　砲＝十二・七センチ連装高角砲一基（二門）
機　　銃＝二十五ミリ三連装機銃三基（九梃）
補給物件＝二百六十トン、十四メートル特型運貨船（通称大発）四隻

ほかに自艦用として十三メートル特型運貨船一隻を所有していた。いずれも上甲板に搭載し、人員または補給品を満載したまま、上甲板の上を移動させ、艦尾から海上に滑り落とさせて発進させる。状況によっては、特型運貨船に代え、特二式内火艇（水陸両用戦車）七隻を搭載し、その機関を後進にかけて走り落とさせることも可能だった。そして戦局いよいよ逼迫《ひっぱく》してからは、特殊潜航艇二隻を搭載して、激戦地近くに突入していた。

(二)　二等輸送艦

一等輸送艦と相前後して企画され、量産を考慮した特殊艦である。艦型はアメリカのLST（約五千トン）に類似しているが、日本のものは比較的に小さく、箱型の簡易船型である。

基準排水量＝約九百トン

速　力＝十六ノット（初期のディーゼル機関の六隻は十三・五ノット）

兵　装＝八センチ高角砲一門、二十五ミリ機銃六門

搭　載　量＝機甲陸戦隊二百名、一週間分の弾薬・糧食、戦車十四～十七両

機甲陸戦隊を搭載したまま、わざと全速力で海岸の砂浜に直進擱座《かくざ》する。そこで航海中に艦首の役割をしていた扉を開いて道板とし、戦車部隊を一挙に上陸させる。自艦は、バラスト・タンクの注排水と艦尾錨を引き込むことにより離岸退避する。

もっぱら風波の静かな南方海面で使用するもので、また日本より南方海面への進出には、天候を見定めて出撃させる計画である。

4　技術者たちの晴れ舞台

第三号輸送艦の「生みの親」、福井静夫造船少佐は、昭和十七年二月から十八年五月（当時は大尉）まで、シンガポール海軍工廠（当時は工作部と称していた）で勤務した。主に、敵の工廠施設の復旧と被害艦船の修理を担当していた。

軍艦「名取」がどてっ腹に大穴をあけられ、艦尾をもぎとられて、瀕死《ひんし》の重傷を負いながら、アンボンからシンガポールまで、やっとたどり着いたことがあった。その「名取」に応急的な艦尾を取りつけ、十八ノットで内地まで帰還できる大修理を手がけたこともあった。その平和時代、この種の大修理は、所掌工廠内の造船部の全造船官が協力して行なった。そのような大修理を、三十歳の大尉の身で経験して、技術者冥利に尽きると感激したこともあった。しかし、それは、先輩の技術と経験を参考にしたことも多く、自分の独創力だけで完成したわけではなかった。

多忙な実務に追い回されていたが、時の流れによって戦争の様相が変わっていることを、福井大尉は肌で感じとっていた。

日本は大正から昭和にかけて、たびたび事変に巻きこまれてきたが、国運を賭けて戦ったのは、日露戦争この方ない。日露戦争の当時は、一過性の艦隊決戦の勝敗だけで、両国間の戦争の勝敗が決まっていた。

第二次大戦では、広大な戦域の各地で、空に陸に海に、毎日激しい戦闘がくりかえされている。そして兵器も資材も消耗が激しいから、これら直接戦闘のほかに、工業生産の質と量との厳しい戦いもつづいている。しかも相手は、豊富な資源を持ち、われに数倍の工業力を誇る連合国である。

ところが、海軍工廠は、日露戦争当時の慣行を、そのまま踏襲《とうしゅう》していることが多い。たとえば同型艦の建造に当たっては、工廠が一番艦を担当し、二番艦以降を民間造船所に割り当てるのを原則としている。そして工廠では、手間ひまかけて優秀艦艇を建造することを最優先させている。

十八年五月、福井大尉は呉工廠に転勤を命じられた。内地に帰れる喜びはあったが、呉工廠での新造艦計画は、やはり在来艦種だろうと思った。

だが、そのころ、海軍軍令部と艦政本部とでは、高速輸送艦および戦車運搬艦の、新しい艦種の計画をすすめていた。そして同年八月には、新艦種の輸送艦建造は、呉工廠が中核となって量産することに決まった。

艦政本部の作成した基本計画の図面と要領書にもとづいて、呉工廠で詳細設計を行なう。さらに呉工廠では、工作図と工事方案を作成し、また材料、部品を手配して、工事予定を立てることになった。

福井大尉は、この輸送艦建造を担当することを、設計主任西島亮二造船中佐から命じられた。輸送艦こそは、ソロモン群島の海域における苦い経験にかんがみ、日本海軍に制定された新しい艦種である。

福井大尉は、在来艦の建造、修理の場合と違い、今度は自分の独創力を存分に発揮できる立場になった。しかもこのたびは、工廠の従来の方針をあらため、流れ作業によるマス・プロダクションの手法を採用することになった。

各造船所は、すでに計画造船を割り当てられていて、新たな受注能力を残している造船所はほとんどなかった。そこで一等輸送艦は、三菱の横浜造船所および呉工廠で建造するが、二等輸送艦は大阪造船所、向島造船所、川南の浦崎造船所で建造することになった。

　ここで福井大尉は、シンガポール工作部で経験し、改善を念願したことを、責任者としてみずから実行する機会をあたえられた。さらには、マスプロの本家であるアメリカに対して、マスプロで挑むことになった。

　それも戦艦・巡洋艦のように、龍骨《キール》を船台においてから三、四年以上を要する一万トン以上の艦艇では、工業力のすぐれたアメリカにはとても勝ち目はない。だがしかし、二千トン足らずの輸送艦ならば、やりようによっては対等に戦えるのではないかと、新たな闘志もわいてきた。

　輸送艦の建造に着手するに当たり、造船主任西島亮二中佐は、つぎのように言った。

「関係部課との摩擦を恐れていては、何一つ仕事はできない。思い切ってやれ。生産効率を高めるならば、海軍法規・慣例を改正してもよい。例外が必要ならば、例外を認めても差し支えない」

　西島中佐は、長時間の残業を終わって疲れ切っている部員たちを集めて、逼迫《ひっぱく》した戦局下における工廠のあり方について説くこともあった。各人が何かを工夫しろということで、過去の経験に安住している者を見つけては一喝した。そんなことまでしなくてもとの、周囲の反対を押し切って、一等輸送艦のモックアップ（実物大模型）は工廠内に造り、二等輸送艦のモックアップは向島造船所に造ることにした。

　福井大尉は、生産という晴れ舞台において、自分自身が主役として舞う姿を想像した。しかもその舞台監督は、自分が全幅の尊敬と信頼を寄せている西島中佐である。これまで在来艦の建造、修理では、艦艇乗員の裏方として働いてきた。今度は技術者の自分たちが表舞台に立つと思ったとき、これまでとは違った心の高ぶりを覚えた。

こうして福井大尉は、輸送艦の建造に公試実験に、心魂を打ちこんでいった。せっかく心魂を打ちこんで建造しても、苛烈な前線に行動する輸送艦が、ふたたび母港に帰ってくることはまれだった。だから乗艦者の戦訓をたずねる機会がなかった。福井大尉としては、それが残念だった。

＊

昭和二十年一月、丹羽正行大尉が、第一七号輸送艦艤装員長兼第一八号輸送艦艤装員長として呉に着任した。丹羽大尉は、開戦以来、航空母艦「翔鶴《しょうかく》」に乗りこんで、ハワイ空襲をはじめインド洋作戦、珊瑚海海戦、第二次ソロモン海戦、さらには南太平洋海戦に参加していた。その後、「浜風」の砲術長に転出してからは、あ号作戦、比島方面の捷一号作戦に参加した、文字どおり歴戦の勇士である。

丹羽大尉としては、海上指揮官として出撃する日が、いよいよ迫ってきたと覚悟を新たにした。

そして、大槻勝大尉が第一八号輸送艦艦長として着任するのを待たずに、丹羽大尉は、第一七号輸送艦艦長の初仕事で、風雲急を告げてきた沖縄に緊急輸送を命じられた。そして三月八日から十日の三日間に、沖縄の那覇港に六百五十トンの武器弾薬、糧食の揚陸に成功した。

沖縄根拠地隊司令官大田実少将は、わざわざ桟橋まで歩を進め、感謝をこめて丹羽艦長と握手を交わした。これが日本軍として、沖縄に対する最後の敵前輸送となった。

まもなくして、沖縄攻防戦がはじまったので、第二回の沖縄輸送は中止となり、大島特別輸送隊が編成された。丹羽大尉は、この輸送隊の指揮官となり、輸送艦三隻と護衛艦三隻の計六隻を率い、敵航空機と敵潜水艦の攻撃を排除しながら、瀬相湾に入港し、官民の一致協力も手伝って、武器弾薬と糧食六百五十トン、特殊潜航艇二隻、トラック二台の輸送物資を、ほぼ全量、陸揚げすることができた。

第一八号艦艦長大槻勝大尉は、呉軍港出撃をひかえて、期友《クラス》の今泉理大尉と出会い、つぎのように語った。

第17、18号艦艤装員長・丹羽正行大尉。17号艦艦長時に沖縄に最後の敵前輸送をした。

「クラスで、最初に艦長に任命されたことを光栄に思っている。大いに暴れてくるぞ」

初仕事は沖縄輸送だった。勇躍出撃したが、二十年三月十八日、沖縄本島西方海面で、待ち受けていた米潜の攻撃を受け、不運にも撃沈された。

一等輸送艦は、昭和十九年五月から約一年間に二十一隻竣工したが、終戦時に残っていたのは、わずか四隻にすぎなかった。その四隻の中の一隻、第一九号輸送艦艦長には、柴田正（現姓、奥野）大尉が着任した。

中、少尉時代には、「飛龍」に乗り組んでハワイ空襲、インド洋海戦に参加し、また「長門」乗組としてミッドウェー海戦にも参加した。その後は「沢風」砲術長となり、沿岸船団護衛に従事しながら、駆逐艦乗りとしての腕を磨いていた。さらに不沈艦として名高い「雪風」の砲術長に転じてからは、マリアナ海戦およびレイテ沖海戦に参加し、太平洋狭しと暴れ回っていた。

柴田大尉は、開戦当初から終戦まで、船乗りとしてつねに第一線で勤務し、しかもほとんどの大海戦に参加したが、乗艦沈没の悲運にあわなかった。幸運もさることながら、彼が船乗りとしての技量と度胸を持ち合わせていたからである。

二十年二月、第一九号輸送艦艦長として着任するや、敵大型機および艦載機の来襲相つぐ戦況で、呉から四国南岸および九州東岸に、本土決戦物件を輸送すること五回におよんだが、いずれも成功した。そして七月二十四日、瀬戸内海において、敵艦載機の執拗なる反復攻撃を受け、戦死傷者百十名を出す大被害をこうむりながら、沈没にはいたらなかった。

終戦後、第一九号輸送艦は、在外邦人の引揚輸送に従事し、中部太平洋の島々、上海、コロ島にピストン輸送をして、じつに一万人以上の邦人を輸送した。さらに二十一年、二十二年には大洋漁業にチャーターされ、第一六号輸送艦（艦長磯辺秀雄大尉）とともに、捕鯨母船として小笠原諸島付近の海域で活躍した。

5　マニラを後にセブ島へ

三号艦のつぎの任務は、独立歩兵第三百五十三大隊の陸軍部隊を、マニラからミンダナオ島まで運び、帰りには同島の南西部にあるサランガニ病院の傷病兵を、マニラまで後送することだった。この大隊は、さきごろマニラで編成された新設部隊である。

昭和十九年六月、大阪中部軍で集められた陸軍部隊は、南方補充部隊としてただちにマニラ進出を命じられた。大隊長山田藤栄少佐は、満州国牡丹江所在の第三軍司令部から急遽、大阪中部軍に赴任したが、部隊はすでに乗船してマニラに向け出航していた。

山田大隊長は、七月二十日、空路マニラに到着し、同月二十六日、マバラカットにおいて部隊編制を行なった。部隊の一部が乗船していた日蘭丸が、バシー海峡で敵潜の雷撃により撃沈され、同船の便乗者は八時間あまり漂流し、うち七十五名がこのときに戦死した。だからこの部隊は、編制時にはすでに七十五名の戦死者を出していた。

それ以来、九月初旬までの五十日間、山田大隊は、比島第十四方面軍直轄部隊となり、クラーク飛行場警備に当たるかたわら、リンガエン東方地区およびマギスギス地区に、各一コ大隊の軽掩蓋《けいえんがい》陣地を構築した。

この陣地は、もっとも堅固で工事期間も短く、軍で第一等の出来栄えであると、方面軍司令部から大変なお誉めの言葉をいただいた。それまでの隊員たちは、新設部隊だけに、伝統ある部隊に対してどうしても引け目を感じていた。しかし、初仕事で誉められたので、引け目を感じなくなったのはもちろんのこと、部隊の士気は大いにあがった。

山田大隊長は、老練な部隊指揮官だったが、作業の合い間には戦闘場面に備えて、厳しい教育訓練を計画的にすすめていた。このため大隊は、新設以来まだ日も浅いが、戦闘部隊としての練度を日増しに上げていた。

「歩兵第三百五十三大隊は、ただちにマニラに集結し、九月六日、マニラを出港する第三号輸送艦に乗艦し、すみやかにダバオに進出すべし。以後は、セブにおいて第三十五軍司令官の命令を受けよ」

九月上旬、この命令を受け、山田大隊は軍直轄を解かれて、ミンダナオ島の防衛を担当する第百師団長の指揮下に隷属《れいぞく》されることになった。

このため山田大隊は、マギスギスに駐屯している部隊を、急遽《きゅうきょ》、マニラまで部隊移動させることになった。出港までには、わずかあと六日しかない。

大隊は、炎天下の強行軍をつづけて、バターン半島のジャングル越えをしなければならない。比島の暑さに馴れきっていない隊員たちが、炎天下の行軍に耐えられるだろうか、と案じられた。アメリカ人の間で悪名高い「死の行進」は、バターン半島北端から、中部ルソンのオドンネル捕虜収容所までの道程である。

行軍の途中で、犠牲者が出なければいいがと、大隊長は心配していたが、山田大隊の各中隊は、幸いにも途中のタルラックから、輸送隊のトラックで人員輸送をしてもらった。それでも、マニラに到着したときには、隊員一同、へとへとに疲れ果てていた。すぐには、食欲も出ないほどの疲れようだった。

山田大隊は、九月六日午後三時、マニラ桟橋での部隊集結を終わり、ただちに乗艦した。第一梯団は、山田大隊長以下の部隊主力六百名で、第三号輸送艦に便乗することになった。第二梯団は、岩谷中尉以下の第一中隊と、各中隊の一コ分隊の合計二百七十名、それに食糧弾薬で、他の輸送艦に便乗することになった。

大隊本部の杉山茂一等兵が、桟橋を歩いていると、「オーイ、オーイ」と船上から手を振って呼んでいる。よく見たら、野田中尉だった。

「本官は第二梯団で行く」

「おさきに行って、待っています」

三号輸送艦に乗り、第百師団長の指揮下に入るべくダバオに向かった山田藤栄大隊長。

二人は日本からマニラに進出する途中、バシー海峡で乗船が撃沈され、いっしょに海水を飲んだ間柄である。久しぶりの再会だったが、出港時刻も迫っていて、ゆっくり話もできなかった。いずれ前線で、心ゆくまで話す機会はあろうと、さして心残りはなかった。しかし、この二人にとって、この日が最後の逢瀬《おうせ》になってしまった。

杉山一等兵は、仲間といっしょに、大隊本部の書類を操舵室後部の露天甲板に持ちこんで、ここを大隊本部の定位置とした。

わずか千八百トンの三号艦に、六百名の陸兵が便乗したので、甲板も通路もいっぱいで、はみ出した通信班十名は、仕方なく機関室に入れてもらった。どこもかしこも、文字どおり足の踏み場もない状態となってしまった。

三号艦は、その日の夕方、マニラを後にしてセブ島に向かった。

マニラ港は、夕焼けの美しさで知られている港だし、艦尾方向には北極星が輝いていて、陸軍兵が古里をしのぶには、こと欠かなかった。しかし、バシー海峡で、八時間も漂流した苦い経験があるので、陸軍兵で古里をしのぶ余裕のある者はいなかった。

船はいつ沈むか分からない。どこでもかまわないから、早く陸地に揚げてくれというのが、陸軍兵のいつわらざる心境だった。それでも一つ有難いことには、昨日まで炎天下の行軍で悩まされていたが、航海中の上甲板には、いつでも心地よい冷たい風が吹いてくる。

明けて七日、朝の明るい太陽が照りつけて、海面はきらきら輝いてきた。暗い海面の気味悪さも消えて、やれやれと一安心し、リズミカルなエンジンの音に耳をかたむけていた。そのとき艦は、何かにおびえたかのように、突然、唸りを立てて全速で走り出した。

間もなく、「ドッ、ドーン」という凄まじい爆発音がして、艦は大きな衝撃を受けた。陸軍兵は、やられたーっと顔色を変えたが、海軍さんは平気な顔で立ちはたらいている。

聞けば、本艦が敵潜に向かって投下した、爆雷の爆発音ということだった。そこで杉山一等兵は、もう取り越し苦労はやめようと肚を決めた。

「ここまできたんだ。後はなるようになるさ」

とひらきなおることにした。

杉山一等兵は、ここ二、三日、体が熱っぽかったが、この日は起き上がることができず、朝食も喉を通らなかった。金本、石山一等兵が、親身になって世話をしてくれるが、特別によい方法も見つからない。仕方がないから、成り行きにまかせることにして、うずくまっていた。

山田大隊本部の杉山茂一等兵。大隊本部は、操舵室後部の露天甲板上に設けられていた。

意識がもうろうとした中で、八日の夜明けを迎えたが、艦は意外にも島に近づいていて、手を伸ばすと陸地にとどきそうに感じられた。小学校だろうか、運動場みたいな広場の向こうに、校舎らしい建物が見えてきた。中年兵は、子供を思い浮かべているのだろう、この建物を食いいるように見つめていた。

艦は間もなく、セブ桟橋に横づけした。

大隊本部は、操舵室後部の露天甲板に設けてあったが、航海中はいつも風があるので涼しかった。いざ横づけしてみると、太陽の直射熱に甲板からの反射熱がくわわって、暑いというよりは、皮膚を針で刺されるような痛さを感じた。

これから先、どうなるものかと案じていたら、突然、「出港用意」のラッパが鳴って、三号艦は急に出港した。何のための出港か、どこに行くのか、目的も行く先もさっぱり分からなかった。それにしても、航海をはじめれば涼しい風が吹いてくるので、陸軍兵はひとまず生きた心地を取りもどしていた。

便乗者用の便所は、後甲板に仮設してあった。便所といえば聞こえはいいが、真ん中に木の空《あ》き樽《だる》がおいてあり、まわりを板囲いしてあるだけだった。

杉山一等兵は、病気だからと身勝手な理屈をつけて、艦内便所をさがしてみた。見ず知らずの水兵さんが、親切に案内してくれただけでなく、兵員室に連れて行き、

「顔色がよくないですが、体の調子でも悪いんですか。私たちは、いつ沈むか分かりません。薬を上げますから、あなたは早く元気になって下さい」

と言って、三段ベッドのカーテンをひらいた。

そして「わかもと」の錠剤と、富山の頓服《とんぷく》一袋を取り出してくれた。地獄で仏のような気がして、心からのお礼を述べた。相手の氏名をさっそく手帳に書きとどめたが、激戦のさなかにこの手帳は紛失してしまった。

さっそく、頓服一袋と「わかもと」十粒をのんでみた。「わかもと」の香りには、全身が痺《しび》れるほどの感激をおぼえた。しかも有難いことに、入隊前の懐かしい思い出がよみがえっ

てきた。

軍隊の厳しい団体生活、バシー海峡での漂流、真夏のフィリピンにやってきた気候の激変など、とても大きな環境の変化だった。さらには炎天下の陣地構築、強行軍、すし詰めの艦内生活などがつづいた。

考えてみると、入隊以来のこの五ヵ月間、心の安らぎをおぼえたことはなかった。大げさな言い方だが、時が時で場合が場合だけに、「わかもと」の香りで、心の安らぎを取りもどしたような気がした。

日没すぎ、三号艦はセブ桟橋にもどってきた。陸軍兵は、陸上で宿泊することになり、各中隊ごとに足取りも軽く出かけていった。大隊本部は、連絡要員として艦内にとどまることになった。

「三号艦は、昼間なぜ出たり入ったりするのだろうか。早く目的地に陸揚げしてくれると、有難いけどなー」

「敵が近くにいるから、機会をうかがっているんだよ」

「部隊だけが先に上陸しても、しようがない。糧食弾薬を積みこんだ第二梯団を待っているところなんだよ」

留守番役の本部隊員は、退屈しのぎにこのような雑談をしていた。杉山一等兵は、さっきのんだ薬がきいたのだろうか、ようやく、雑談の仲間入りをする気分になってきた。

思い起こすとマゼランは、マゼラン海峡をはじめて発見して、太平洋の名付け親にもなっている。さらには、人類で最初に地球を一周した、十六世紀を代表する航海家である。

そのマゼランは、最後の航海では、ここセブ島近くの小さな島で、原住民との争いに巻きこまれて非業の死をとげた。スペイン政府より派遣された司政官レガスピは、一五六五年から六年間、ここセブ島をスペイン植民地政策の根拠地にしていた。

こうしてセブ島には、マゼランの建てた十字架、保塁、教会などの遺跡もあり、古い大学もある。しかし、乗艦が、毎日あわただしく出入港をくりかえしている戦況では、陸軍兵も海軍兵も、遺跡や市街地をゆっくり見物するわけにはいかなかった。

6 不安と緊張の海へ

山田大隊長は、三号艦を下りて、セブ島駐在の第三十五軍司令部に赴き、司令官鈴木宗作中将に伺候し、つぎの作戦命令を受領した。

「山田大隊は、第三号輸送艦にてカガヤンに上陸し、ただちに陸路ダバオに進出せよ。同地にて第百師団長の指揮下に入り、敵の上陸部隊を迎撃せよ」

山田大隊長は、この命令を受けていちおう考えてみた。ガダルカナル島およびニューギニア作戦において、多数の将兵がマラリアとデング熱に斃れている。また友隊の竹下大隊は、先ごろカガヤンに上陸し、四百キロ南方のダバオまでジャングル内の行軍をしたが、戦力の大半を消耗したと聞いている。

赤道直下のジャングル行軍では、マラリアとデング熱の医薬品は、必需品である。その医薬品を積みこんだ当隊の第二梯団は、まだ入港していない。敵はダバオに上陸したとの情報もあるが、医薬品補給の望めない山田大隊としては、ダバオに逆上陸する以外に、戦力発揮の方法はないとの結論に達した。

そこで山田大隊長は、軍命令の変更はできないと、一喝されるのを覚悟のうえで、つぎのように申告した。

「山田大隊は、第三号輸送艦にてカガヤンに上陸し、ただちに陸路ダバオに進出し、同地にて第百師団の指揮下に入り、ダバオに来襲する敵軍を迎撃する命令を受領いたしました。本官は、ここに一つの意見具申を致します。当隊の補給物資を積みこんだ第二梯団は、マニラを出港して三日目の本日、いまだにセブに到着していません。当隊が補給を期待できない現状にかんがみ、当隊の上陸地点を、カガヤンよりダバオに変更していただきたいと思います」

「山田大隊長は、補給が期待できなくなったので、直接ダバオに上陸したいというのだなあ。大隊長の意向は、よく分かる。しかし、海軍の輸送命令は、カガヤンまでになっている」

鈴木司令官は、作戦命令の変更はできないとの意味をふくめて、強い口調でこのように言った。

山田大隊長は、ひとまず司令部を引き下がり、三号艦に帰って、浜本艦長に第二梯団のようすをたずねてみた。第二梯団は九月七日にマニラを出港したから、順調にゆけば八日中にはセブに入港するはずである。それが三日目の今日になっても入港しないのは、途中で遭難した恐れがあるとのことだった。

また三号艦が、日中は毎日出港しているのは、敵の空襲を回避するためであり、多数の陸軍兵を乗せたまま何日間もセブに停泊してはおられない、との話であった。

そこで山田大隊長は、熱誠こめて浜本艦長に相談してみた。

「山田大隊は、カガヤンに上陸し、ただちにダバオに進出するよう命令を受けました。しかし、第二梯団の補給を受けずに、赤道付近のジャングル四百キロを行軍し、しかも戦闘力を保持することは、きわめて困難であります。友隊の竹下大隊は、この行軍で、戦力の大半を消耗したと聞いています。敵は去る九月一日と二日、二日間つづけてダバオに激しい空襲を仕かけてきました。敵がダバオ上陸を敢行する前触れかも分かりません。敵がダバオに上陸したとの未確認情報もあります。いずれにしましても、当隊としましては、一日も早くダバオに布陣したいと思っています。臆病風に吹かれて、こんなことを申し上げているわけではありません。当隊としては、十分な戦力を保持して布陣し、思いっきり暴れ回ってみたいと思っています。浜本艦長に、お願いがあります。当隊をダバオまで運んでいただけないでしょうか」

山田大隊長は、祈るような気持で、一語一語に真心をこめて話した。浜本艦長は、無言のまま身じろぎもせず、じーっと山田大隊長の顔を見つめていたが、堅い決意を示すように、おもむろに口をひらいた。

「山田大隊長、分かりました。貴官が行けとおっしゃるなら、ダバオでもどこでも行きましょう。本艦の行く先はカガヤンになっていますので、まず海軍司令部に交渉してみましょう」

「浜本艦長、有難うございます。おともします」

艦長と大隊長は、おたがいに手を差しのべて堅い握手を交わした。二人の前途には、生死を賭けた幾多の困難が待ちかまえている。しかし、信じ合った男と男の四つの目は、静かに笑っていた。

浜本渉艦長と山田藤栄大隊長との対談は、時代と事情の違いを越えて、西郷隆盛と勝海舟との江戸城明け渡しの交渉に、一脈相通ずるといっても差し支えあるまい。

第35軍司令官鈴木宗作中将。海軍の協力と現地部隊長の熱意により軍命令を変更した。

浜本艦長は、同艦の航海長と山田大隊長とを帯同し、セブ海軍根拠地隊司令部（司令官原田覚少将）を訪ねて、山田大隊長の意向を伝えた。海軍司令部としては、マニラからの第二梯団が入港しない状況にかんがみ、つぎのように作戦計画を変更しても、差し支えないということになった。

「山田大隊の海上輸送は、第三号輸送艦および第五号輸送艦を充当し、目的地をカガヤンからダバオに変更する」

海軍参謀とさきの三名は、さらに第三十五軍司令部を訪ねて、海軍側は作戦計画の変更に、応ずる用意のあることを伝えた。軍司令官鈴木宗作中将は、海軍の協力に深く感謝しながら、山田大隊はダバオに上陸し、本作戦を有利に展開せよと、軍命令の変更を認めた。

海軍という部外者のからんだ軍命令を、現地部隊長の進言で変更することは、前代未聞とは言いすぎとしても、まったく異例のことである。しかし、軍司令官の顔に、苦渋の色はなかった。現地部隊長の熱意に動かされたと、司令官はむしろ、晴れ晴れとした明るい表情だった。

司令部では、簡単な酒肴を用意した。「山田大隊長の成功を祈る」と、清酒を酌み交わし、山田大隊の壮行を祝った。

ミンダナオ島は、北海道よりやや大きな島で、フィリピン群島の七千有余の島の中では、ルソン島についで二番目に大きな島である。セブからカガヤンまでは、ボホール海、ミンダナオ海、マカジャラーム湾と、いわば内海を行く約二百キロの航海にすぎない。だが、セブからダバオまでとなると、ボホール海、スル海、さらにはスル海のザンボ半島をまわって、セレベス海を通るわけで、外洋をふくめて千四百キロの航海となる。

ダバオ航海はカガヤン航路にくらべると、ただ単に距離が七倍になるばかりでなく、敵潜水艦の活躍しやすい外洋をふくんでいる。しかもこの時期、マリアナ諸島を基地とする大型機も活躍をはじめていたし、ハルゼー提督の率いる第三艦隊所属の艦載機の攻撃も懸念されていた。

陸海軍の双方の軍命令を変更させ、山田大隊の上陸地点が、カガヤンからダバオに替えられたことは、山田大隊長の熱意と、浜本艦長の太っ腹があったればこそである。

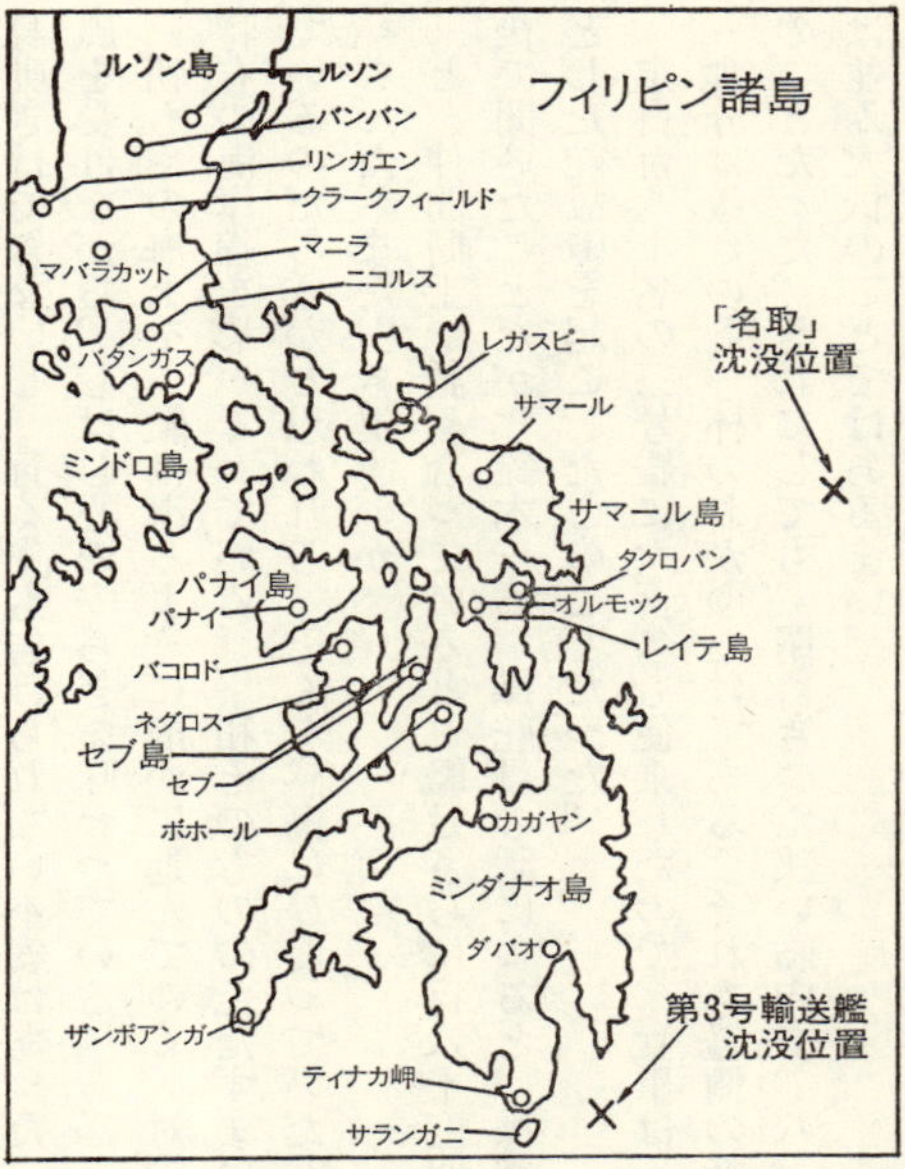

九月十日午前三時、陸軍兵も全員乗艦させ、第三号および第五号輸送艦は、あいついでセブ島を出港した。あとで分かったことだが、四時間後の午前七時には、セブ島は敵艦載機の大空襲をうけ、壊滅的な打撃を受けた。夜明け前に出港したことは、輸送艦にとっても、山田大隊にとっても、まずは幸運だった。

水兵の動きにも、日帰り航海の場合とは、一味ちがう緊張感がみなぎっていた。すし詰めで身動きはできないし、行く先も告げられない不安はあった。それでも陸軍兵は、心地よい海風を受けながら、しばし心の安らぎを味わっている。

朝もやの海上を、艦は滑るように静かに進んでゆく。対岸のマングローブの茂みは、熱帯特有の海岸線を形づくっている。平和そのもののたたずまいで、戦争なんかどこで行なわれているのだろうかと思われる。そんな感傷にひたっていたとき、艦は急に百八十度回頭した。

「なんだ。また引き返すのか」

と、仲間同士で話し合っていると、艦はさらに百八十度回頭して、さっきの針路に入った。後で聞いたことだが、鈴木一馬・操舵員の話によると、操舵線の舵ピンがはずれて、ちょっとした舵故障を起こしたとのことだった。

定員百八十名の三号艦に六百名も便乗したので、食事は一日二食と決められた。しかも、一食分は飯盒《はんごう》の蓋《ふた》一杯のおかゆだけである。それも艦側の特別の厚意で、提供されているとのことだった。それにしても、閉めきった狭い艦内で、八百名分の炊事をする烹炊《ほうすい》員の苦労は並み大抵のことではあるまい。

視界内には、僚艦の五号艦が見えるだけで、ほかに行きかう船もない。速力二十二ノットはさすがに速い。三号艦のつくる大きな波が、はるか彼方までつづいている。早くも外洋に出たのだろう、さっきまであたりに見えていた島影も、いまではさっぱり見えなくなっている。

陸軍兵にはくわしい事情は分からないが、水兵たちの緊張した行動を見るにつけ、激戦地に近づいていることを肌で感じていた。

冷たい風がさあーっと吹いてきて間もなく、艦はまっ黒な雲に、すっぽりつつまれてしまった。大粒の雨が、それはスコールというそうだが、音をたてて甲板に叩きつける。上甲板にいた者は、濡れ鼠になって艦内に逃げこんだ。艦内は、ますます押すな押すなの状態になった。

あわてている陸軍兵を尻目に、水兵たちは煙草盆《たばこぼん》を囲んで、平生にも増して悠々と煙草をふかしている。スコールがこんなに激しいと、飛行機も潜水艦も攻撃してこないので、いまが一番安心できるとのことだった。

＊

九月十二日午後二時半、ダバオ湾を奥の方に進むにしたがって、三号艦の艦内は、不安と緊張が極度に高まってきた。とくに、湾内のサマール島の南端を認めるころには、ダバオの逆上陸を目前にひかえ、艦側は総員配置につき、陸軍部隊は上陸準備をととのえて待機した。

艦橋ではそのころ、見えるはずのダバオ市街が見えないので、艦長はいつになく苛《いら》だっていた。

艦長「航海長、艦の位置に間違いはないか。ダバオの市街が、とっくに見えるはずだが、まだ見えんぞ」

航海長「間違いありません。左見張り、何か見えないか」

見張員「左三十度、六〇《ロクマル》（距離六千メートル）。何かくすぶっています」

見張員は、据えつけの大型望遠鏡を見つめて報告した。

艦は次第に陸地に近づき、やがて首掛けの七倍双眼鏡でも、灰色の煙をとらえることができるようになってきた。

艦長「航海長、ダバオ市街は空襲でなくなっているぞ。それにしても、人っ子一人いないなあ」

航海長「前方の、木製仮設望楼にも、人はいません」

艦長「空襲があるかも分からない。航海長、桟橋に横づけせずにここで漂泊する。根拠地隊から、そのうちに打ち合わせにくるだろう」

横づけしていれば、空襲の被弾回避運動ができない。艦の短艇で陸兵揚陸をしていると、空襲による急速出港というときに、短艇の揚収に手間どる。できれば、陸兵揚陸は、ここダバオの船にやらせたい。桟橋の奥に、漁船数隻をつないであるが、そこにも人影は見当たらない。

運よく、出漁していた漁船三隻が通りかかったので、手旗信号で呼び寄せた。そして陸軍兵を、桟橋までピストン輸送させた。陸軍部隊は、逆上陸と気負っていただけに、敵を見かけない上陸に、肩透かしをくった感じもあった。それにしても、まずは一安心と、笑顔で上陸していった。もともと陸軍兵には、

「同じ死ぬなら陸上で。いつどこで死のうと、陸上で死ぬなら本望だ」

との気持がある。これで狭っ苦しい艦内生活ともお別れだと、「水を得た魚のように」と

の言葉そのままに、はしゃいで上陸した者もいた。

わずか十日足らずの共同生活だったが、ともに死線を越えてきた仲だけに、おたがいに手を振り合って別れを惜しんだ。そして、送る者、送られる者だれもが、口にこそ出さなかったが、この世でふたたび会うことはあるまいと思っていた。

僚艦の五号艦は、特殊潜航艇二隻を積んで、二時間遅れて入港してきた。特潜関係の要具があるからだろうか、港の奥の補給栈橋に横づけして揚陸をはじめた。

三号艦が陸兵の揚陸を終わったころ、一台の自動車が栈橋までやってきた。下り立った参謀の話では、三号艦を敵艦ではないかと、山ぎわの退避壕で監視していたとのことだった。

「マニラに向け出港します」

との、浜本艦長の報告を受けて、参謀は、

「現在、ミンダナオ島周辺には、数多くの敵潜水艦が行動しています。なるべく、陸岸近くを航海して下さい」

と、注意をあたえた。

陸軍兵の揚陸を終わった三号艦は、長居は無用と、ダバオを後にして針路を南にとった。敵大型機が三機、五機と編隊を組んで、南方から北上してゆく。ダバオが狙われているようだ。五号艦よ、ぶじであってくれと、僚艦の安全を祈った。そしてサランガニ島に向かって、船脚を早めた。

三号艦は、この日、午後六時にダバオを出港したが、一時間後の午後七時には、ダバオが大空襲を受けているとの電報を受信した。

7 座礁、そして苦難の道

三号艦は、ダバオ空襲の巻き添えをくうこともなく、ダバオ湾における敵潜水艦の危険海域もぶじ乗り切って十四日早朝にはサランガニ海峡に差しかかった。左前方にサランガニ島を眺めながら、ここの狭い海峡では、敵機も敵潜も、攻撃を仕かけてくることはあるまいと、胸をなでおろした。

そのとき、艦は大きな衝撃を受けて、間もなく行脚《ゆきあし》は止まった。魚雷が命中したと思って、上甲板に駆け上がってきた者もあったが、そうではなかった。艦は、珊瑚礁に乗り上げていた。

参謀のすすめもあり、接岸航路をとっていたが、三号艦にとって不幸なことには、渡された海図は二十五年も以前に作製されたものだった。そして、その後の修正はなされていなかった。

いまさら、愚痴をいってもはじまらない。ただちに艦を挙げて、離礁作業に取りかかった。錨に舫索《もやいづな》を取りつけ、大発《だいはつ》（運搬用短艇）に積みこんで、沖合五百メートルに投錨した。そして舫索の端を本艦のウインチに巻きつけ、ウインチを巻いてみたが、離礁は成功しなかった。ここらあたりは、潮の干満の差が少ないので、満潮時の離礁も見込みは立たない。

機関兵一名がもぐって調べてみると、推進器の翼は三枚のうちの二枚が折れ、推進軸も曲がっている。たとえ離礁に成功しても、航海できる状態ではなかった。マニラ司令部にはその旨を打電し、艦内各所に爆雷をおいて、自爆の準備をした。重要書類はカッターで運んで、陸上で焼いた。

極度に緊張した一日も過ぎて、夜も次第にふけてきた。三号艦の乗員たちは、上甲板に腰を下ろして、南十字星を眺めながら、航海中には味わえなかった心の安らぎをおぼえていた。古参兵のなかには、日本の方角に輝く北極星《ポラリス》を見つめながら、古里の肉親に想いを馳せた者もいた。

乗員はだれでも、フィリピンを外地と思ってはいたが、敵地とは思っていなかった。だから、艦長が、陸路を三百キロ歩いてダバオに向かうことになるかも分からないと言ったときも、驚いたとか、困ったとかいうような顔をする者はいなかった。陸路ダバオに向かって行軍する場合、途中の原住民が協力するかどうかは分からないが、反抗する者がいるとは思っていなかった。

また、乗員のなかには、明日になれば五号艦がやってきて、救助してくれると期待している者もいた。しかし、後で分かったことだが、五号艦はダバオ空襲で撃沈されて、乗員百八十名のなかで生き残りわずか二名という、とても悲惨な結果に終わっていた。

明けて十五日、白い事業服、それにエンカ服は目立つから、甲板士官の命令で、緑色の第三種軍装に着がえた。古里をしのんだ昨夜の感傷は、夜明けとともにふっ飛んだ。

早朝から敵大型機の編隊が、高度三千でつぎつぎに、西から東の方に飛んで行く。そのつど、「配置につけ」の号令がかかる。

トップの見張員は、サランガニ島の左側海面に、敵潜の潜望鏡を発見した。本艦左舷の、九十度方向に当たる位置である。行動の自由を失っている三号艦に対しても、敵潜は執拗に攻撃の機会を狙っている。

本艦における炊事作業は、この日の昼食が最後だろうと、烹炊員は苦労を覚悟で、寿司をつくりはじめた。座礁したまま航海しないので、缶の噴燃機の数を減らして、蒸気圧をうんと下げた。それでも缶室では、靴の中に汗がたまるほど、暑かった。少々のことではへこたれない缶室員も、この日ばかりはへこたれていた。

戦場で寿司は有難いと、みんなが食べはじめたそのとき、「配置につけ」のブザーが、けたたましく鳴った。コンソリデーテッドB24三機が上空を飛んでいるので、機銃群がその敵機に気を取られていた。そのとき、

「魚雷！」

とだれかが叫んだ。

魚雷三本が白波けたてて、本艦のドテッ腹を目指して突っ走ってくる。三本同時に命中すれば、わずか千八百トンの本艦は、こっぱみじんに吹き飛んでしまう。

機銃群は、白波を目がけて、狂気のように打ちまくった。機銃弾が誘爆させたのだろうか、

一本の魚雷は、本艦に命中する直前に爆発した。高い水柱が立った。一本は左に大きな弧を描いて、珊瑚礁に当たって爆発した。残る一本が機関室に命中し、轟音とともに船体は胴震いした。

立っている者は、甲板に叩きつけられた。缶室では、海水が奔流のように流れこみ、蒸気は蒸気管から噴き出した。電気も消えてしまった。

退避の号令で、缶室員は夢中でラッタルを駆け上がった。火災が起きて、黒煙と炎が風にあおられて、上甲板を這いまわった。上甲板にいた者は、炎を避けて艦尾に向けて突っ走り、あわてて海に飛びこんだ。

みんなが海岸に向けて泳いでいるとき、またしても魚雷が命中し、今度はあたり一帯が真っ暗闇になってしまった。重油庫に当たって、重油を吹き上げたらしい。その重油に引火して、あたり一面は火の海になった。海面の火に追っかけられて、ほうほうの体で、やっと陸岸にたどり着いた。

着いたと一安心した途端、あまりの渇きで、喉がひりひり痛んだ。付近には、負傷者もいたし、火傷の者もいた。艦首付近に、乗員が五、六名残っているが、ときおりパンパーンと機銃弾がはじくので、脱出の機会がなかなか見つからない。

この日の戦闘で、戦死者十名、負傷と火傷が合わせて二十名、その中の五名は担架が必要だった。陸揚品は、小銃三梃、弾丸六百発、カッター二隻（一隻は橈なし、この橈は担架の用材にした）、短艇羅針儀一、双眼鏡一、軍艦旗一、乾パン三缶だった。また大発用の燃料も、少し運んだ。

夕方、海岸で、士官会議がひらかれ、善後策について協議した。機関長は、艦の大砲、機銃を陸揚げするように提言したが、砲術長は応じなかった。マニラ司令部に、本艦は座礁したと打電してあるので、ここ二、三日中には、救援艦か連絡機がやって来るだろう。

また、戦局が極度に逼迫しているので、艦艇も飛行機も来ない場合も考えられる。当隊の独力で友隊をめざす場合、東のダバオ根拠地隊に向かうか、または西のサランガニ航空隊に向かうか、の問題がある。ダバオはサランガニにくらべて、距離は三倍も遠いが、すでに行ったことがあるので、地理的な事情は分かっている。それにダバオの受入先は、根拠地隊の大部隊である。サランガニは地理も分からないし、受入隊の規模も見当がつかない。

結局、ダバオに向かうことにした。陸路を行軍する場合には、先発隊が必要である。その指揮官には、先任将校が当たることに決めた。

本艦近くでは機銃弾がはじけるので、本隊は夜間、山側に避難させることになった。このための部隊移動中、はるか彼方に馬を見つけた。このあたりには、原住民が住んでいるらしい。

十六日の朝、本隊の隊員は、山側の休憩所を出て、本艦近くの海岸線で、救援艦を待った。医務科は負傷者の治療に当たったし、食糧確保のためと、魚採りする者もあった。火事騒ぎで靴を失った者は、草鞋《わらじ》をつくっていた。

姿は見えないが、低空を飛んでいる、リズミカルなエンジン音が聞こえてきた。みんな、いっせいに空を見上げた。味方の中型攻撃機一機が、椰子の葉をゆすって、行きつ戻りつした。通信筒を落とした。蜜柑の缶詰と、搭乗員の氏名を記した紙片が入れてあった。当隊からは、

「大発《だいはつ》、派遣方お願いす」

との手旗信号を送った。中攻は、信号を了解したとの意味合いをこめて、バンク（左右の翼を交互に上下に振ること）しながら、西方に向かって飛び去った。

「一隻の大発（上陸用舟艇）に、何人乗れるだろうか」

と、気の早いことを言う者もいた。

本隊は、昼間は海岸に出たが、夜間は山側に引き揚げて休養していた。十五日から十七日までの三日間、海岸と山側との間を往復したが、救援の大発はとうとう見つからなかった。大発は当てにならないから、あきらめようとの意見が出てきた。

＊

十七日、三日間待ってみたが、救援艦艇はもとより、艦艇派遣に関する連絡機も来なかった。ダバオに向かうことにして、夕刻、先任将校が隊長となり、先発隊十名が出発した。

十八日、本隊がダバオに向けて行動を起こすに当たり、カッターを連絡艇、運搬艇として使用することになった。このため強健な者三十名が、カッター回航隊として、三号艦の遭難現場に引きかえした。

驚いたことに、三号艦のマストには、軍艦旗（マストに掲揚した場合には、戦闘旗となる）がひるがえっていた。一人の水兵が、これを降ろしてきた。十五日、上甲板はあれほど燃えさかっていたのに、艦内には火災が起きていなかった。それを裏書きするように、海軍の冬服を着た原住民を後日、見かけた。せっかく陸上まで運んだ燃料までも、原住民に盗まれていた。回航隊はやがて本隊に復帰してきた。

一日に、乾パン三枚が配給される。一人当たりの分量としては少ないが、百七十名の大所帯だから乾パンはあと数日でなくなってしまう。

三百キロ先のダバオをめざして、本隊は行動を起こした。いくつかの岬を回って、海岸の砂浜で、一夜を明かすことになった。負傷者を乗せたカッターも、岬を回ってやってきた。

この日、大きな椰子林の中に、三軒の人家を見つけて宿泊した。真ん中にある家は、床の高い大きな家だったが、ここの柱には、「昭和十七年十月、内田部隊和田隊占領」と書いてあった。この家には、本部と第二分隊が泊まった。海岸に向かって、右側の家を第一分隊が、左側の家を機関科が使用した。

配給量だけでは腹がへるので、三、四名一組で、食べ物さがしに出かけた。昼顔の茎も、やどかりも食べた。椰子の実、バナナ、パパイアは、とびきり上等の食べ物である。熟していない青いパパイアの果汁が皮膚につくと、皮膚がかぶれるので困った。最初は鳥と思っていたが、屋根や樹の上で、カッコーとかケケケッと、ときに鳴き声がする。成育した「とかげ」がカッコーと鳴き、幼いのがケケケッとが、これは「とかげ」だった。

鳴くことも分かってきた。「とかげ」を食べると、脚がはれたり気が変になったりした。戦友同士、負傷者や火傷者には同情して、とても親切に介抱してやる。だが、「とかげ」を食べて苦しんでいる者には、だれも振り向きもしなかった。

　野営にも馴れて心に余裕ができたのか、母港呉をしのんで、ここの小湾を呉湾、小川を二《に》河《こう》川と命名した。川の満ち干きを利用して、魚をとっては食べた。夜には、水牛《カラバオ》三、四頭が水を飲みに、毎晩右側の砂丘にやってきた。水牛は素晴らしい食べ物だが、原住民の反感を買うことになるので、殺さなかった。

　十八日の夕方、先発隊員の一人が、すっかり疲れ果てて帰隊した。

「先発隊は、原住民の襲撃を受けました。小銃一梃で応戦しましたが、相手には三十梃ほどの銃がありました。多勢に無勢で、私以外の九名は全員戦死しました」

　医薬品もなくなった。負傷者の傷口には、うじがわいてきた。「見捨てないでくれ」と、うわ言を言う者も出てきた。五体満足な者でも、小石にちょっとつまずくと、前につんのめった。体力は弱ってきたし、食べ物もない。とにかく、前進あるのみだが、はたしてどうなるだろうか。

　十九日、呉湾を後にして、山一つ越えた椰子林に差しかかったとき、前方で急にパンパーンと銃声がした。先頭の三、四人がバタバタッと倒れた。三百メートルほど先の椰子林から、三十梃ほどの鉄砲でさかんに撃ちこんでくる。こちらには、小銃三梃しかない。先発隊がやられたのは、ここだと、分かった。

やむなく前進をやめて、日中は対峙《たいじ》することにした。相手側からも、攻めてはこなかった。日没を待って、十名が遺体の監視に当たり、本隊は前夜の三軒家まで引きかえした。彼らの銃火器の数、それに当方の体力も弱っている。このような状況で、いくつあるか分からないこの種の監視哨を突破して、陸路ダバオに到着するのは、不可能と判断された。

宿舎に着いてから、浜本艦長は総員を集めて、つぎの命令を下した。

「戦局が急に悪化したので、救助艦艇は期待できない。銃も食糧も持たずに、陸路ダバオをめざしても、成功はおぼつかない。つぎの要領で、二隻のカッターを決死連絡艇として、ダバオに派遣する。明二十日早朝、第一回を出発させる。五日たって連絡がなければ、第二回を出発させる。本隊はそれまで、この地に駐屯する。第二回が出発してから、五日たっても連絡がなければ、先任者は本体を引率して、サランガニ航空隊に向かって出発せよ」

二十日、第一回目の連絡艇が出発したが、五日たっても、何の連絡もなかった。

二十五日、そこで第二回目の連絡艇が出発した。

三十日、第二回目の連絡艇からも、やはり連絡はなかった。「せっかくだから、もう一日待ってみよう」と、いうことになった。

8　たった一つの希望

計画どおり、東のダバオをあきらめて、西のサランガニ航空隊に向かって行進を起こすことになった。百四十名が、百キロの部隊移動をするわけである。磁石もなければ地図もない。敵アメリカ軍がいるかも分からないし、途中のモロ（フィリピン群島に住んでいる一つの種族名）族が妨害するかも分からない。状況はまったく不明だが、ここにとどまっておれば、全員、死を待つだけである。

「左手に海を見て、海岸線を百キロ歩けば、めざす航空隊に着くはずだ」

この、たった一つの希望を胸に出発した。

＊

昭和六十年六月、三号艦の乗組員だった二人から、サランガニ航空隊への部隊移動についての手記が、私（筆者）あてにとどけられた。この二人のうち、古木さん（仮名）は海軍経験十年あまりの下士官（兵曹）であり、新木さん（仮名）は在隊二年の機関兵（一機）である。だからこの二人の手記を合わせると、関係者の平均的な見方になるだろう。二人とも、

「四十年も昔のことですから、記憶も定かではありませんが」

との添え書きをしてあった。そこで手記の部分は、仮名を使うことにした。二人の手記は、体験者の実話だけに、一字一句いずれも読者の胸を打つものがある。残念ながら私は、全文を発表する紙幅を持たないので、重複した部分は割愛することにした。まず古木兵曹の手記

——

十月一～四日

サランガニ航空隊に向け、いよいよ出発した。前方の砂浜に、白い紙切れが落ちていた。

「日本兵よ。食べ物もなく、無駄な抵抗をしても、死傷者が出るだけだ、一日も早く降伏せよ」

とローマ字で書いてあった。が、無視してすすんだ。

休憩するとき、新木一機は上官の有松掌機長の横に座ることになった。厳しい上官の横にすわるのは苦手のようだが、いまさら場所を変わることもできなかった。掌機長は背嚢《はいのう》を下ろしながら、艦内とはちがう優しさでたずねていた。

「お前は志願兵か」

「ハイッ、志願兵の新木です」

と、かしこまって答えていた。

「艦内とはちがう。ここへ来てまで、堅くならんでもいいぞ。この梅干は、苦しいときに食べなさいと、出征のさいに母が持たせてくれたものだ。お前にも一粒あげよう」

「有難うございます」

掌機長は、付近の他の者にも分けてやった。新木は梅干の半分を食べ、残りは隣にいる同年兵の新田に渡した。新田は半分を食べてから、残った実《さね》を几帳面にも新木に返していた。掌機長は、仕事には厳しい人だが、心根は優しい人だと、新田たちは思った風だった。

夜、スコールがやってきた。大きな葉ッパを見つけて、担架の人にかけてやる。立木の下で雨宿りしたが、全身ぬれ鼠になった。寒さで、体がふるえてきた。立ったまま、一睡もできずに夜明けを待った。昼のスコールは天使だが、夜のスコールは悪魔だ。

十月五日

疲れた。考えてみると、もう二十日間も、まともな食事をしていない。そのうえ、担架をかついでの移動である。疲れるはずだ。

右側の密林から、突然、弓矢が飛んできた。古田兵曹のあたりに、沢山の弓矢が飛んでくる。黒線を巻いた帽子をかぶっていたので、指揮官と思って狙われているらしい。注意する人があって、古田兵曹はあわてて帽子をとった。

十月六日

担架をかつぐと、とても疲れる。戦友のためだ、疲れてもしようがないとあきらめる。夕方、頭に飾り物をつけた一人の原住民が槍を持って現われた。眼光鋭く威厳がある、酋長かも分からない。英語で、サランガニまでの距離をたずねたが、要領をえなかった。奇襲を警戒しながら、進んだ。

十月七日

朝、海岸の砂浜を出て、崖を登って山に入った。裸足《はだし》の者には、山ぎわは苦手だ。足を痛めないようにと気づかうから、とても疲れる。夕方、やっと砂浜に出てきたので、やれやれと安堵した。あたりを見回してみたら、なんとそこは、朝出発したところだった。みんながっかりして、すわりこんでしまった。口をきく者もいなかったし、立ち上がる気力もなくなった。

突然、後方三百メートルで、ピューンと銃声がした。担架をかついで、海に飛びこんだ。私は、崖の裏側を偵察に行った。そこは安全だったので、担架をそこへ運んだ。

夜になったが、敵は追っかけてはこなかった。海に入ってずぶ濡れだし、体力が弱っているので寒さがこたえる。先任伍長が、マッチをコンドームの中に入れて持っていた。隊長の許しをえて、焚火《たきび》をした。あったまってやっと人心地がしてきた。

飛行機の爆音が聞こえてきた。あの爆音なら、友軍機にまちがいない。二回も低空で旋回しているが、残念なことに、こちらからは連絡の方法がない。

みんなが飛行機の音に気をとられているとき、新木一機は、同年兵の新田から、だれにも気づかれないように、何かをソーッと手渡されていた。それは半分のバナナだった。どこで、どうして手に入れたのだろう。

新田は、先日、新木からもらった梅干半分の返礼のつもりだろう。生死の境に追いつめられても、助け合う同年兵の姿は美しいと思った。

(注、筆者の所見＝サランガニ航空基地に向かっての部隊移動は、当初の一週間、モロ族との間に小競合《こぜりあ》いはあったが、まずは順調に経過していた。後から考えてみると、モロ族はその間、この部隊をわざと見逃して、ガマサ岬に追いこんでいた。そしてこの三角地帯で、部

隊を袋の鼠にして、一挙に全滅させようとたくらんでいた）

十月八日

掌機長の号令で出発した。昨晩、友軍機の爆音を聞いたからだろうか、昨日の朝よりも気軽に担架を持ち上げた。めざす航空基地は近いぞと、意気ごんで出かけた。海岸の砂浜から小高い丘に上り、隊の先頭は岬（後で分かったが、ガマサ岬）を回った。

隊の後尾が岬の入口に差しかかったとき、後方の山ぎわから、「ダッダッダッ」と機関銃を打つ音がした。弾丸がピューンと耳元をかすめていき、あたりに土煙りを上げる。担架を投げ出し、海に飛びこむ。岩陰に身をかくしているが、激しく打ってくる。弾丸が岩に当たって、跳ね回る。私は言った。

「味方かもしれんぞ。軍艦旗を振ってみろ」

だれかが軍艦旗を振ったら、前にも増して打ちこんできた。そんな状況で、私は言った。

「タム（新木一機の愛称）、弁当を出せ」

褌《ふんどし》を風呂敷代わりにしてつつんでいた焼きバナナ十本を差し出した。それは缶分隊員の共有物だった。私は、悠々と食べながら言った。

「タム、お前も腹ごしらえをしておけ」

度胸がないのか遠慮したのか、タムは食べなかった。海面から首だけ出して、時のたつのを待っていた。ちょっとでも動くと、波を目がけて打ってくるので、動こうにも動けない。

担架の人が、

「みなさん、さようなら」

と悲痛な叫び声をあげたが、手の出しようもない。

「両手に石を持て、敵陣を突破するぞ」

だれだか分からないが、声だけとどいた。一、二、三、と掛け声を合わせて飛び出し、一メートルあまりの丘を駆け登った。五、六メートル這い進んだら、また機関銃を打ちはじめた。隣の新田が、「イタイ」と叫んだ。新木が左手を差し延べて体をゆすっていたが、もう事切れていた。逆もどりして、また海に飛びこんだ。「ここで夜を待つ」との言葉が伝わってきた。新木たちは、首まで海水につかりながら、夜明けを待ったようすだった。

私たちの一団は、逆もどりしてから崖下の洞穴《ほらあな》に駆けこんだ。そこらあたりには、十人ほど入れる洞穴が沢山あった。モロ族は、洞穴の中までは追ってこなかった。だが、洞穴の入口近くには、銃を持ったモロが見張っているので、出るに出られない。

洞穴に飛びこんだ当初は、潮が引いていたから、まだよかった。が、潮が満ちてくると、体はだんだん水浸しになる。思い切って洞穴を飛び出すか、このままとどまっているかが、運命の分かれ道になってきた。これからは、同じ洞穴に入った者同士が、一団となって行動することになるだろうと思った。

私が、洞穴の中で息を殺してひそんでいると、「ジャブ、ジャブ」と、満ちてきた水を人が渡る音が近づいてくる。ソーッと外をうかがうと、入口の右四十度五十メートルのところから、ゲリラ三人が銃を持って近づいてきた。「ダメダッ」と観念した。

　そのとき、「ピーッ」と崖の上で急に号笛が鳴った。いよいよ最後かと、覚悟を決めた。不思議なことに、「ジャブ、ジャブ」という音が、次第に遠ざかってゆく。人の姿で確かめるわけにはいかないが、音は確かに遠ざかっている。薄明かりの中で、目と目で合図して安堵する。ほとぼりのさめたところで、掌機長が言った。

「ここにいたら、自滅するだけだ。おれは一か八か飛び出す。ついてくる者は、ついてこい。強制はせん」

　掌機長は、静かに立ち上がった。私もついて外に出た。葛《かずら》を伝わって、崖の上までよじ昇った。戦友の死骸が、あちこちに横たわっている。心の中で手を合わせ、山を目がけて突っ走る。左側百五十メートル先の麻畑《アバカ》の中で、六十人ほどのモロが話し合いをしている。気づかれないように、ソーッと駆け抜けた。

　ここらあたりならもう安心と、私が振り返ってみたら、一行は掌機長以下八名だった。さっきのモロ族は、洞穴に閉じこめている日本兵を、いつどうして殺すか打ち合わせていたのだろう。やれやれと思った。

　夕暮れから歩き出し、とある町並みに近づいた。ここはグランという町だった。人影のない廃墟《はいきょ》になっていた。椰子林の中にある数軒の屋根には、椰子の葉ッパをのせてある。その葉は、まだ緑色だし水気もある。住民が立ち退いてから、まだ日数は浅い。海岸に面した空地には、日本式の木の香も新しい墓標が五本ほど立っている。みんな、陸軍兵のものだった。

後で分かったが、通信隊が数日前まで駐屯していたとのことだった。

町はずれの川を渡って、野営することになった。この川底は泥で、足をとられそうになってこまった。服が濡れていたので、もちろん眠れなかった。たとえ服が乾いていても、昼間の興奮で、この夜はやはり眠れなかっただろう。その服も、どうやら一晩中には自分の体温で乾いた。

明けて九日、夜明けとともに歩きはじめた。海岸は人目につくので、山ぎわを歩くことにした。嫌な臭いがするので、あたりを見回すと、大きな水牛が水溜まりの中で死んでいた。私は、蛮刀みたいな刃物を持っていたが、これはとても役に立った。落ちている椰子の実を割っては、果汁を飲み、殻の内側についているコプラも食べた。シャブシャブ（果物の名）や三角バナナは飛び切りのご馳走だったし、やどかりも食べた。町並みからだいぶ遠ざかったので、もう大丈夫だろうと、けもの道みたいな細道をたどり、草原を下って海岸近くの道路をめざした。

目先が急にひらけて、椰子林に出ようとしたとき、銃を持ったゲリラが立っていた。グリーンのシャツが保護色になっていて、気がつくのが遅かった。とっさに引きかえして、尾根に向かって突っ走った。「パン、パーン」と、後ろの方で三、四発の銃声が聞こえた。気がついてみると、一行は六名になっていた。はぐれた二名は、大丈夫だろうかと心配になった。まともな食事を二十日もせずに歩き回っているので、体力がとても弱ってきた。最初はスコールが楽しみだったが、このごろでは体にこたえる。仲間の顔を見ると、目はくぼんで顔が角ばっていて、とても人相が悪い。自分もそうかと思うと情けない。それでも有難いことに、まだ一人もマラリアにかかっていない。

ある日、精も根もつき果てて、海岸の砂浜を歩いていた。突然、後ろの方から、「ハイヨー」のかけ声とともに、馬のひづめの音が聞こえてきた。シマッターと、右手のジャングル目がけて、一目散に駆けこんだ。数十人のモロが、追っかけてくる。命がけで、草むらに飛びこんだ。

困ったことに、犬がやってきた。一声吠えたら、私たち六名の命はない。もう最後と観念した。不思議なことに、犬は尾を振って近づいてくる。飼い主にじゃれつくように、身をすり寄せてきた。犬は吠えもせずに、やがて海岸の方にもどっていった。どうなるかと案じていたが、モロはとうとう追ってこなかった。ここでも、どうやら命を拾ったようだ。

ある晩、はるか彼方に赤い電灯を見つけて、しめたっと思った。航空基地の標識灯に違いない。基地は近いと急いでみたが、めざす基地にはなかなか着かない。あれから三日目になるが、まだ着かない。無情な夜のスコールで、ズブ濡れになった。情けなくなって、ふと古里を思い出した。

その翌朝、川の向こうから、「カアーン、カアーン」と、金属の杭を打ち込むような、甲高い音が聞こえてきた。鰐《わに》の気づかいもあったが、基地に着いたと川に飛びこんだ。全員、どうやら向こう岸にたどり着いた。偵察に出かけた二名が、帰ってきて掌機長に報告した。

「杭打作業の場所に、人の姿は見えなかったが、話し声は聞こえました。日本語ではありません。ひょっとすると、英語だったかも分かりません」

苦労してここまでやってきたのに、めざす基地はアメリカ軍に占領されていたのか。一同がっかりして、しゃがみこんでしまった。

「サアー、行けるところまで行くぞ」

掌機長に励まされ、気を取りなおして歩いた。だらだら坂を上ったら、広い飛行場の片隅には、日本の飛行機がはっきりと見えてきた。自転車に乗った陸戦隊の水兵も見えた。やれやれ助かったと思うと、急に全身の力が抜けていった。

航空隊のバスで、ここの陸戦隊本部まで送ってもらった。考えてみると、この日は三号艦が座礁してから、ちょうど三十日目に当たる。バスが本部に着いたら、途中ではぐれていた者の一人が笑顔で迎えてくれた。彼の話によると、彼は陸軍の大発に拾われて、十五日も前にここに着いたという。後の一人はあそこで戦死したとのことだった。

元気を取りもどしてから、苦労をともにした一行七名が、車座になって思い出話をした。生きてここにたどり着いたのは、自分たちばかりの力だけではない。神様のご加護があったればこそと話し合った。

第一に洞穴に近づいていたゲリラが、急に引きかえしていった。源頼朝は石橋山の合戦に敗れて、洞穴に隠れていた。洞穴の入口にある蜘蛛《くも》の巣を見て、この洞穴に人が入っている道理はないと、追手は引きかえした。ガマサ岬で鳴った号笛は、自分たちにとって石橋山の蜘蛛の巣の役割を果たしてくれた。

つぎにモロの犬が近づいてきたが、吠えもせずに、海岸の方に帰っていった。それまでの自分たちは、二十日あまりもまともな食事をしていなかった。文化生活にほど遠い生活は、モロの生活に近かったにちがいない。だからあの犬は、飼い主の仲間と思って、自分たちに身をすり寄せてきたのだろう。それもこれも、天の配慮だろうとの結論になった。

自分たちが神様にまもられているならば、日本の航空基地がアメリカ軍に占領されていると、間違った判断をする道理がない。それなら偵察に出た二人は、どうして勘違いしたのだろうかと、みんなで話しあった。

後で分かったことだが、ここの設営隊には朝鮮（韓国）出身の作業員が大勢いた。その人たちの会話を聞いて、日本語ではない、日本語でなければ英語だろうと思った、ということが分かってきた。それならばやむをえないと、関係者一同、大笑いになった。（注、これまでは、経験豊かな古木兵曹の手記である。この後は、新木一機の手記となる）

9　勇敢なる少年兵

十月九日

明け方、浜辺に出た。ここの水ぎわには、マングローブが茂っていた。砂浜とちがって、裸足にはどうも歩きにくい。腰に巻いていた風呂敷代わりの褌もなくなっている。数日前まで、陸軍が駐屯していたところを通った。なにか食べ物はないかとさがしてみたが、何も見当たらなかった。

夕方、ドブ川に出くわした。ここで服を濡らすなら、今夜もまた眠れないと心配になった。

「明朝、ドブ川を渡る」

指揮官の電気長がこう言ったので、ホットする。それはそれでよかったが、夜になると蚊が出てきて、やはりこの夜も眠れなかった。

十月十日

「総員起こし」の号令がかかり、点呼をとった。五、六十名はいるだろう。そのとき、「ダッダッダッ」と、川の向こう岸から打ちかけてきた。全員、山手に向かって突っ走る。ほとぼりの冷めたところで、おそるおそる椰子林に入った。殻を割って果汁を飲み、コプラも食べた。

「出発」の号令で、サランガニに向かったとき、「パンパーン」と後方で銃声がした。つづいて喊声があがる。無我夢中で、草むらに飛びこんだ。そこには、電気長以下五名がひそんでいた。付近には、銃声にうめき声。喊声、そして悲鳴。目には見えないが、それは耳に聞こえる地獄である。

六名が隠れている草むらに、犬がやってきた。モロが人捜しに放った犬だろう。鼻がきくだけに、人間相手よりも始末が悪い。ワンと吠えれば、命はない。もう駄目だと、あきらめた。幸いにも、犬は、吠えもせずに出ていった。モロが蛮刀で草を払って、山手の方に進んでくる。一難去ってまた一難。ちょっと体を動かすと、落葉がガサッと音を立てるので、身動きもできない。

「アイタッ」と、古山兵曹が突然、叫んだ。そばの五名が、低い声で「静かに」とたしなめた。「これが黙っておれるか」と、古山兵曹が開きなおる。見れば、蜂に刺された顔のあたりが、真っ赤に腫《は》れ上がっている。事情は分かるが、ここは生きるか死ぬかの分かれ目である。五名は両手を合わせ、黙ってくれと低い声で頼む。

銃声もしなくなったし、モロが近づいてくるようすもない。ずいぶん長いような気もするが、時間的にはまだ昼前である。とにかく、早く夜になってくれ。

ガマサ岬の一日も長かったが、あそこでは大人数だったので、なんとなく気強かった。この日はたった六名だったから、とても心細かった。太陽が、やっと西に傾きはじめた。もうしばらくの辛抱だ。

待ちに待った夜が、やっとやってきた。耳をすましたが、モロの気配はない。静かに歩き出す。どうやら、大丈夫のようだ。一人が椰子に登って近くを見渡したが、海の方角は見当もつかなかった。方角は分からないが、とにかく歩くことにした。

十月十一日
夜が明けた。昼間歩くと、モロに追っかけられるので、草むらの中で一日じゅうジーッとすわっていた。ここではじめて、おたがいに階級、氏名を名乗り合った。
「銀飯《ぎんめし》が食べられるなら、命と引きかえでもかまわない」
との話もでた。日暮れが待ち遠しい。夜になって歩いた。
十月十二日
夜が明ける。昨日と同じように、一日じゅうずーっと草むらに隠れていた。夜になって歩きはじめた。
十月十三日
前二日と同じように、日中は休んでいた。話は、食べ物と飲み物のことばかりだった。夜を待って歩きはじめた。
十月十四日
朝方、海を見つけた。こんなに深く山に入りこんでいるから、海岸まで出るには、一晩はかかるだろう。古谷兵曹が、「昼も夜も歩きつづけなければ、助からない」と言い出したが、だれも賛成しなかった。古谷兵曹は自分一人で行くと言い残して、昼間、海岸に向かって歩きはじめた。後の五名は、日が暮れてから海岸に向かった。

十月十五日

浜辺近くの草むらで、夜を待った。日没後、砂浜を歩いた。裸足には、やはり砂浜がらくだ。

十月十六日

夜まで草むらに隠れていた。夜、砂浜を歩いた。カヌーが三、四隻、水ぎわに引き揚げてある。近くに集落があると、警戒した。食べ物でもないかと、カヌーの中をのぞいたら、人の頭より大きな魚の頭があった。二名でかついだ。安全な場所で車座になり、五名でむさぼり食った。電気長がたしなめた。

「一回で食べてしまうなよ」

十月十七日

夜が明けてきたので、ひとまず洞穴に隠れた。二名が偵察に出かけて、人影も人家もないと確かめた。まずは腹ごしらえと、昨夜の魚を食べることにする。白い蛆《うじ》を見つけて、古川兵曹が言った。

「塩水で洗ったら、心配はいらん」

海水で洗って食べた。辛い苦しい逃避行だが、何か食べるときには、だれでも口辺にうっすらと笑みを浮かべる。電気長が言った。

「明日から、夜も昼も歩くことにする。昼間は危険だが、食べ物を見つけやすい一面もある。虎穴に入らずんば、虎児を得ずだ」

四名に異存はなかった。暗くなって洞穴を出た。浜辺のカヌーを、ひょっとしたらと、のぞいてみた。柳の下に、いつもどじょうがいるわけではなかった。

十月十八日
今日から昼間も歩くと、身がまえる。これまでは、左側の海を見て歩いた。今日からは、右側の人影にも注意しなければならない。古川兵曹が急に大声をあげたので、またもモロかと、うろたえた。

意外なことに、パパイアの実がとても沢山なっている。握り拳よりも小さいが、ちぎっては食べ、食べてはちぎった。久しぶりに腹いっぱいになって、五名とも声も出れば、笑いもこぼれる。食べきれないので、パパイアに穴をあけて、葛《かずら》を通して肩にかついだ。大切な食べ物だから、重さも苦にはならない。

「わが物と思えば軽し傘の雪」

ひたすら歩きつづけた。前方の四名が、急に走り出したので、もしやと後方を見たら、モロが追っかけてくる。一人は馬に乗り、一人は蛮刀をかざしていた。パパイアを捨てて、一目散にジャングルに駆けこんだ。草むらに伏せて、息を殺した。姿は見えないが「ホイホイ」の掛け声から、七、八人はいる。蚊に刺されたが、蜂よりはましだと、声も出さずに我慢した。ここで静かに、夜を待つことにした。

暗くなってから歩き出した。椰子林では山に迷いこんだが、二度と失敗しないぞと、かすかな波の音をたよりに歩いたら、浜辺に出た。運のいいことに、今度も見つからなかった。

裸足に砂浜の感触を楽しんでいたとき、前方で突然、「パンパーン」と銃声がし、つづいてモロの喊声が上がった。シマッタ、と海に飛びこんだ。とにかく、沖に向かってがむしゃらに泳いだ。死に物ぐるいで泳がなければ命はないと、もぐったまま服もズボンも脱ぎ捨てた。クロールで、懸命に沖へ逃げた。疲れたので、平泳ぎに切りかえる。

父親の顔が、ふっと頭に浮かんだ。これが最後かと思う。くらげか何かが左の腕にかみついた。はずしてもはずしても、巻きついてくる。左腕はしびれてしまった。これでは、いつまでも泳げそうにない。右腕だけで、もと来た方向に泳ぎ帰ることにした。

真っ暗な海上に、ジャブジャブという音がして、白い水しぶきが上がっている。敵か味方か、おそるおそる近寄ってみた。電気長だった。モロの槍が一本、右肩下に突き刺っている。立ち泳ぎしながら三回槍を引っ張ってみたが、槍は抜けなかった。痛いから止めてくれとのことで、引き抜くのを止めた。電気長は沖へ行くというので、二人はそこで別れた。

浜辺に近寄って、海面から首だけ出してあたりを見まわした。モロの気配はない。とっさにジャングルに飛びこんだ。命の心配がなくなると、左腕のしびれと寒さとが気になってきた。しびれは仕方ないとして、寒さはどうにかならないだろうか。落葉をかき集めて、体の上にのせてみたが、体はあたたまらなかった。大きな立木にわざと体をぶっつけて暖《だん》をとり、やっと人心地がしてきた。

沖合を眺めてみると、明かりが一つ見える。その明かりが、五つ六つと次第にふえてゆく。カヌーに松明《たいまつ》をかざして、海上の捜索をはじめたらしい。四名の戦友よ、早く逃げてくれ。ぶじであってくれと、神に祈った。いつのまにやら、眠っていた。

十月十九日

目がさめてあたりを見まわしたが、だれもいない。昨晩ひとりになっていたわけだが、昨晩は動転していて、そのことにまったく気がつかなかった。自分がひとりになったことを、今朝になってやっと気がついた。有難いことには左腕のしびれはだいぶ薄らいでいる。昨晩泳いでいる間に、服もズボンも脱ぎ捨ててしまったので、生まれたままの姿になっている。

落ちるところまで落ちたので、くそ度胸ができたことが、自分自身にもよく分かる。基地に向かおうという強い意志もないまま、惰性で歩きはじめた。前方に集落が見えてきた。こわいという気持はなかったが、本能的に迂回してジャングルに入った。

集落を通りすぎたと思うころ、川幅二メートルあまりの小川に差しかかった。濁ってはいるが、おなかに当たってもかまうものかと、その川水を飲んだ。

川下に向かって川岸を歩いていたら、海岸に出た。後方八十メートルぐらいの浅い海中で、十五人ほどのモロが何か仕事をしている。自分を見つけて、手を振って声をかけてきた。自分も手を振ってから、反対方向に静かに歩きはじめた。自分は逃げる気もなかったが、モロも追っかけてはこなかった。素っ裸の自分を見て、仲間と間違えているかも分からない。他人がどう思おうと、自分は自分の足で、砂浜を歩くだけである。

夕方、マングローブ地域に入る。足が痛い。困ったことに、ここには蚊が多い。贅沢は言うまい。低い木の枝をベッド代わりにして寝た。

十月二十日

ただ歩くだけ、それにしても長い砂浜である。水際で、椰子の実一つを見つけた。持ち上げて、殻を割ろうという気力もない。一応手でさわってみたが、文字どおり「猫に小判」である。夕方、砂を掘って、体を埋めた。おなかに砂をかけたら、砂はあったかくて気持がいい。蚊もいない、ここは天国だ。

夜中に目がさめて、生きているのだなあと思う。生きてはいるが、望みもなければ、考えることもない。静かに目を閉じた。

十月二十一日

目がさめて、なんとなく歩きはじめた。もう、人並みな溜息《ためいき》も出てこない。右手に小屋を見つけて休んでいたら、いつのまにやら眠っていた。

目がさめたので、また歩き出した。夕方、砂を掘って体を埋めた。昨日のように、おなかに砂をかけた。ここも天国だ。夜中にまた目がさめた。「お前、まだ生きているのか」とつぶやいて、静かに目を閉じた。

十月二十二日

目がさめて歩きはじめた。腹がへっているはずだが、そんな気持はサッパリ起こらない。ここまでくると、食べ物を欲しいとも思わなくなってしまった。歩いてはいるが、どこにどう向かっているというわけでもない。惰性で、なんとなく歩いているだけである。

大きな川に出っくわした。流れも速いし水量も多い。これまでの小川とは、一味違っている。濁ってはいるが、ままよと飲んだ。向こう岸を見上げると、服を着た人が立ったまま、こちらを見つめている。そのとき、マイクにのった人の声がした。

「空襲警報解除」と言っているが、それを日本語とも気がつかなかった。向こう岸の人が、いきなり大声で、

「お前は、日本人か」

と叫んだ。私は反射的に、

「日本人です」

と答えて、勢いよく両手を振った。前後の見境もなく川に飛びこんで、がむしゃらに泳いだ。向こう岸にたどり着いて、息を切らしながら、

「三号艦の乗員です」

と言った。

「ご苦労でした。あなたの戦友が、四、五日前にも到着しました。その人たちは現在、野戦病院に入院しています」

と、教えてくれた。その人が差し出した水筒の水を、息もつかずに一気に飲み干した。有難いことに、それは砂糖水だった。佐伯か佐々木といったその水兵長は、見張りに立っていたが、裸の自分を陸軍の天幕《テント》に連れて行った。

陸軍の下士官が、乾パン十枚とぜんざい一杯を持ってきてくれた。お礼もそこそこに、どちらもペロッと食べてしまった。さぞあさましい姿だっただろうと、いま思い出しても恥ずかしくなる。陸軍の衣服をもらい、その翌日、野戦病院に送ってもらった。

十月二十三日

野戦病院は、山ぎわに設けられている幕舎だった。自分の到着を、先に着いていた戦友たちが、とても喜んでくれた。今晩は思いっ切り食べようと意気ごんでいたが、夕食時をひかえて吐《は》き気をもよおし、おまけに寒気もしてきた。マラリア、安堵感、限界を超えた疲労がかさなって、それからの数日間は身動きもできなくなってしまった。

十一月上旬

自分は先の一ヵ月間、あれほど苦労してきたが、病院側の親切な看護もあり、また若いこともあって、体は日増しに快方に向かっている。あと十日もすれば、すっかり回復するだろう。

万事好都合に運んでいるわけだが、先に入院していた三号艦の戦友七名が、近く前線に出発すると聞いたときには、強いショックを受けた。その中には、掌機長も古木兵曹も入っている。艦では厳しい掌機長と思っていたが、山の中で梅干をもらい、心根の優しい人だと分かって、心の通い合うものを感じた。また古木兵曹は、艦でも山の中でも、実の弟のように親身に世話して下さった。これらの人たちと別れたら、自分はだれを頼りに生きてゆこうかと思って、気が滅入った。

いよいよ、別れの日がやってきた。ダバオ行きの七名は、病床にいる三号艦の戦友一人一人に、別れと激励をして回った。去る者も残る者も、この戦況で、二度とこの世で会えるとは思わなかった。モロに追いかけられ、一人で山の中をさ迷っていても、淋しいとは思わなかった自分だが、このときばかりは、涙が出て仕方がなかった。

この人たちを見送って、毛布を頭からひっかぶって嗚咽をこらえていた。今後のことをあれこれ思い悩んでいたとき、「タム、タム」と自分の愛称を呼ぶ者がいる。だれだろうかと、毛布から首を出してみると、ダバオに出かける古木兵曹だった。

「タム死ぬなよ、早く元気になって、ダバオにやってこい」

枕もとに蜜柑の缶詰一つをおいて、足ばやに幕舎を出ていかれた。めめしい気持は捨てて、早く元気になろうと心を入れかえた。

自分は健康を回復した後、陸軍部隊に連れられてサランガニから山越えをし、五日かかってダバオの第三十二特別根拠地隊にぶじ到着した。三十日もかかって歩き回った同じ道程《みちのり》を、わずか五日でたどり着いたわけである。しかもその間、一度もモロの襲撃を受けなかったが、やはりこちらが武器を持っていたからだろう。

十二月上旬、自分は有松掌機長に連れられ、ダバオ北東の山側に駐屯していた山田大隊の大隊本部を訪ねた。顔見知りの陸軍兵が、両手をひろげて駆け寄ってきた。この世で二度と会えまいと思って別れていただけに、おたがいに肩を抱いて喜び合った。

＊

筆者が思うに、東のダバオに連絡がとれないので、三号艦乗員百四十名は、西のサランガニ航空基地まで、部隊移動することになった。出発してからの一週間、いちおうは部隊として行動していた。ガマサ岬に差しかかったとき、大勢のモロ族に後方から襲いかかられ、部隊は散り散りばらばらになった。その後もモロにたびたび襲われ、目的地にたどり着いたのは、わずか三十名あまりにすぎなかった。

地理不案内なところを、三十日あまりも食事をとらない人たちが、モロの襲撃をかわそうと、負傷しながら必死に駆けてゆく。その間には数多くの戦友が、銃弾で、弓矢で、蛮刀で、そして槍で斃された。

モロの追跡を逃れて、小さな草むらに身をかくす。蜂に刺されても、蚊にくわれても、声も立てられない。モロの姿は見えないが、モロの喚声が、そして戦友の絶叫、悲鳴、うめきが聞こえてくる。だからといって、武器も体力もない自分たちには、なすすべも見当たらない。息を殺して、時のたつのを待つだけである。

それはまさに、この世の地獄である。そのような地獄の中でも、いくつかの人情話があった。

母が出征のときに持たせた梅干を、山のなかで部下に分けてやった上官もいた。そのもらった梅干を、半分ずつ食べ合った同期の桜もいた。

モロの相つぐ襲撃で、最後にたった一人になった新木一機は、当時わずか十七歳の少年兵だった。それでも一人の兵士として、雄々しくモロと戦っていた。その勇敢な少年兵は、病院で療養している間に、すっかり普通の少年にもどっていた。無理もない、十七歳といえば、家庭では両親に甘ったれたい年ごろである。

山のなかでは泣かなかった少年兵も、病院での戦友との別れにはむせび泣きしていた。その気持を思いやり、わざわざ病舎まで立ちもどって、そっと蜜柑の缶詰をおいていった下士官もいた。

10　戦いすんで

三号艦の生き残り三十五名は、昭和四十六年ごろから、三号艦が座礁した九月十五日前後の吉日を選んで、毎年どこかで戦友会を開いて、亡き戦友をしのんでいた。そして、その年には、呉海軍墓地内に慰霊碑を建立した。この碑は、遺族および有志の寄付を一切断わって、小さいながらも生き残りだけの浄財で建立した。

つぎに掲げるのは、昭和四十六年十一月二十三日に行なわれた第三号輸送艦戦没者慰霊祭での戦友会代表・丸井盛之介氏の挨拶である。

「冷気肌にしみる初冬の本日、諸兄らのなつかしき当地呉市において、第三号輸送艦戦没者第一回の慰霊祭を迎え、戦友会会員一同感慨ひとしお新たなるものを覚え、謹んで御霊前に祭文を捧げます。

私どもは本年一月より、かつての第三号輸送艦乗員の生存者ならびに戦没者の調査をつづけ、幸いにして生を得て内地帰還せし者三十五名中二十九名の参加者により、戦後はじめて会合を当地で開催し、お互いの当時の苦闘を語り合い、夜の白むのも忘れて久闊《きゅうかつ》を述べるとともに、今は亡き戦死者の冥福を御祈りいたしました。

その席上、生存者一同による慰霊碑建立こそ、戦死者の霊を慰めるとともに永遠の平和を祈念する意義深いことと考え、慰霊碑建立に着手いたしました。もとよりまことにささやかなるものでありますが、本日ここに慰霊碑の完成を見、第一回の慰霊祭を施行し、戦友一同心をこめた手向けの香華をどうぞ御納めいただきたく存じます。

戦火もおさまってすでに二十六年、光陰は有為転変の流れを貫いて、まさに矢のごとく流れ去りました。今日、祖国日本は戦後奇蹟の復興をつづけて、世界に一躍、経済大国として列するという、まことに輝かしい躍進をつづけております。まさに苦難に屈せぬ日本人の心意気を、遺憾なく発揮しえたものと考えます。祖国を愛し、平和を愛し、大義に徹する真の日本人にかえり、物心両面の復活も発展も、すべて英霊の献身と加護との上で築かれていることと確信いたしますとともに、諸兄の在りし日の面影が彷彿として眼前に浮かび、いまだ断腸の思いが胸に迫るものを覚えます。

想えば、当時、制空、制海権もすでになき昭和十九年九月、征戦万里の波濤を毅然として駆けめぐり、輸送の任に当たる今は亡き戦友諸兄の挺身的なる活躍の姿がありました。しかるに昭和十九年九月十五日午前十一時五十八分、敵潜水艦の三本の魚雷攻撃を受け、大破炎上のためやむなくミンダナオ島に上陸したものの、土着民の執拗なるゲリラ攻撃を受け、ついに散華された諸兄の殉国の精神こそ、つねに私たちを激励され、祖国再建の原動力をなしたものであり、これを後の世に伝えて次の世代に引き継ぐことこそ、生存者の使命かと存じます。

御艦もえ　闘志と飢えで戦いし
戦友《とも》はミンダの　土に眠りぬ

戦陣はつねに死生一如、明日をも知れぬ命のきらめきに進退をともにした戦友一同、心ならずも幽明をへだてて二十六年の後に、白髪をさげて慰霊碑の前にたたずめば、追憶の辞縷々として尽きず、懐旧の涙払えども去らず、あゝ第三号輸送艦諸兄の英霊よ、わが戦友会の心からなる手向けの香華と御祈りとを御受け下さいますとともに、雄々しく生き抜かれた御遺族の方々の上に、神の御加護のあらんことを祈念し、英霊よ安らかに眠られんことを御願いいたしまして、私の祭文とさせていただきます」

思い起こすと三号艦は、山田大隊長の要請にこたえて、危険をかえりみず山田大隊を、セブからダバオまで決死輸送をした。そして三号艦は、ダバオ輸送の帰途、海図不備のため、ミンダナオ島南端付近に座礁した。その後、敵潜水艦の雷撃により撃沈された。

このため乗員は、そこから味方部隊（サランガニ航空基地）までの百キロを徒歩で移動することになった。土地不案内なところを、まともな食事もせずに、原住民モロ族のたびかさなる襲撃を受けて移動したので、数多くの戦死者がでた。しかし、三号艦の犠牲は、ダバオ防衛戦における山田部隊の輝かしい活躍をもたらした。

山田大隊（独立歩兵第三百五十三大隊）は、ダバオ防衛戦における勇戦敢闘により、第百師団長原田次郎中将から、つぎの「賞詞」を拝領した。

「右は陸軍大尉山田藤栄指揮の下、海軍特別輸送艦により、昭和十九年九月十三日、比島南端

昭和46年11月23日、第１回の慰霊祭で祭文を捧げた三号艦戦友会代表・丸井盛之介氏。

ミンダナオ島ダバオに上陸して予の隷下に入り、右地区第一線の要衝ミンダル防衛を担当す。

大隊は海上輸送中、敵の攻撃を受けて海没し、多大の損害をこうむりたるをもってマニラにて兵器、弾薬等の補給を受け、またダバオにて現地在留邦人中より未教育の兵員を補充せらるるなど、当初はかならずしも恵まれたる環境にあらざりしが、大隊長の熱心周到なる教育、訓練により逐次戦力を充実し、また、鋭意陣地の編成および構築に日夜精励したるをもって、師団長の実施したる随意検閲には、きわめて優秀なる成績をおさめたり。

当時戦局はいよいよ切迫し、敵潜水艦の跳梁《ちょうりょう》により、わが輸送船はことごとく撃沈せられ、内地よりの補給はまったく杜絶したるをもって、師団は現地自活のほか途なきに至れり、このときに当たり大隊長は在留邦人および現地民をよく掌握《しょうあく》し、農園を経営して食糧を確保し、もって後顧の憂いなからしむるを得たり。

ついで昭和二十年四月下旬、敵兵大挙してダバオに進攻するや敵はミンダル付近の山田大隊の陣地に対し主攻撃を指向し、熾烈《しれつ》なる砲、爆撃の下、戦車を先頭として連日反復攻撃を実施せり。ためにわが陣地の地形はまったく変貌して赤土と化するの状況において大隊将兵は損害続出するも屈せず、勇戦激闘ことごとく敵の攻撃を撃退してよく陣地を確保せり。このころ師団長はサンフランシスコ放送を傍受してミンダル正面の敵また苦戦中なるを知る。

かくて五月八日午前、砲、爆撃につづき戦車をともなう優勢なる敵は、大隊陣地を強行突破してタロモ川を渡河し、左岸台上に橋頭堡構築に着手せり、時あたかも師団長は敵の主攻撃を破摧《はさい》するためダバオ川左岸にて戦闘中の河添旅団主力を右岸に転用中にして、敵の進出によりこの右岸転用はきわめて憂慮すべき状態に到来せり。このときに当たり大隊長は断固として独力十二日、薄暮を利用し一挙に敵を撃退するに決し、周到なる計画の下、敢然急襲して遂に陣地を奪回し敵の進攻を挫折せり。以上の行動は山田大隊長の意志きわめて堅固、進取の気概に富み、統率指揮また適切、加うるに大隊長を核心とする強固なる団結の下、一丸となりて日ごろ訓練の精華を遺憾なく発揮して積極果敢に任務を遂行したる結果にして、大隊大隊の陣地奪回は河添旅団の右岸転進を容易ならしめ、師団長の爾後の作戦に寄与すること大なるものありてその武功とくに抜群なり。

よってここに大隊に賞詞、山田大隊長に武甲功章甲号を授与し永久その名誉を表彰す。なおこの武功に対し第三十五軍司令官に感状授与を申請せることを付言す」

山田大隊としては、大隊長はもとより隊員一同、賞詞拝領の光栄は、三号艦が危険をかえりみず、同隊をダバオまで決死輸送してくれたお陰だと感謝している。

昭和四十八年九月十五日、静岡県金谷町の洞善院において、山田大隊戦没勇士の合同慰霊祭を挙行した。大隊長山田藤栄少佐は、「追悼の辞」において、三号艦に感謝をこめて、その勇敢な行動を賞賛した。翌年九月十五日、同院に山田大隊慰霊碑建立に当たっては、三号艦の勲《いさおし》を石碑に刻んで、永く後世に伝えることにした。

さらに昭和五十一年十月十五日、山田大隊は『アバカの緑色映えて――比島ミンダナオ島戦記』を出版するに当たっては、三号艦によるダバオ輸送について、感謝をこめて広く世に公表した。

三号艦の生存者は、そのほとんどが、いまも体内に弾の破片が残っている者、槍か弓矢が突き刺さったことのある者、刀傷・槍傷の残る者ばかりである。そのような体で、戦後は自分の生計を立てるのが精一杯だった。それでも、生存者一同が心を合わせて、年一回の慰霊祭をもよおしてきたし、小さいながらも慰霊碑を建てることもできた。

余談ながら、この慰霊碑の清掃整備は、呉市在住の三号艦戦友会会員、長田吉春氏が担当しているが、同氏が碑を訪ねるたびに、新しい供物か生花が飾られているという。どこのどなたのご好意か分からないが、かねてから感謝していると、長田氏は述懐した。

また山田大隊は、三号艦の決死輸送に関して、石碑にその勲を刻みこみ、出版物に感謝の記事をのせてくれた。こちらの期待を上回る誠を尽くし、広く世に公表して後世に伝える手立てをしてもらった。

だから三号艦の生存者としては、戦死者もその遺族も、このあたりの事情は、認めてくださるだろうと思った。

しかし、三号艦の生存者としては、いま一つすっきりしないことがあった。そして、いつの会合でも、つぎのことが話題になった。

「『名取』の生き残りは、三号艦をどう思っているだろうか。きっと、三号艦を恨んでいるにちがいない」

この心配を裏書きするように、昭和五十四年の丸スペシャル第三十号（潮書房）には、高橋治夫氏の手記として、「名取短艇隊三百浬《マイル》の死闘」が発表された。

その中には、『三号艦が「名取」乗員を見捨てた』と、受け取れるような文章があった。そこで三号艦生き残りの一人は、新聞「海交」に、「軍艦名取生存者の皆様へ」と題する一文を投稿し、三号艦は「名取」乗員救助に引き返したことを明らかにした。しかし、「名取」側からは、何の反応もなかった。

三号艦生き残りの中西敏郎氏は、『先任将校――軍艦名取短艇隊帰投せり』（光人社、松永市郎著）という戦記物を、「名取」という艦名につられて読んでみた。

第三号輸送艦という艦名が、あちらこちらにひんぱんに出てくる。小さな三号艦が、世間の口の端《は》にのぼることはあるまいとあきらめていただけに、とても嬉しかった。それにもまして嬉しかったことは、「名取」短艇隊の次席将校だった著者が、三号艦に対して、恨みがましいことを少しも書いていないことだった。

「名取」にも戦友会があるだろう、会長はどなただろうかと、出版社の光人社にたずねて、会長今井大六氏は横浜に住んでいることが分かった。さっそくその旨を、三号艦戦友会の丸井盛之介会長に連絡した。

昭和60年６月２日の「名取」戦友会に三号艦戦友会の代表として参加した中西敏郎氏。

東京に住んでいる丸井会長は、迎えられざる客になるのではないかと、多少の不安もあったが、挨拶のため今井会長宅を訪ねてみた。今井会長は、こころよく迎え、つぎのように語った。

「戦時中のことですから、三号艦が任務大事と、パラオ輸送に向かわれたのは、当然のことです。恨んでなんか、いません。もし逆の立場だったら、『名取』があなたたちを見捨てて、パラオに向かいましたよ」

丸井会長は一安心するとともに、さらに「名取」短艇隊の先任将校・小林英一大尉をその自宅に訪ねた。小林大尉も、今井会長とまったく同じ意見だった。『「名取」の生き残りから恨まれている』と思っていたのは考えすぎだった、杞憂に過ぎなかったということが分かってきた。

そこで、昭和六十年六月二日、京都で開かれた「名取」戦友会には、三号艦戦友会の代表として、中西敏郎氏ほか一名を参加させることにした。そのお返しとして、その年の九月十六日、天の橋立で開かれる三号艦の戦友会には、名取会を代表して、今井大六会長と松永市郎(筆者)が参加することになった。

私(筆者)は、丸井会長から拝借した、山田大隊刊行の『比島ミンダナオ島戦記』を読んで、これは佐世保市(長崎県)の友人・岩崎開一氏の部隊のことだと思った。山田大隊を統轄した旅団の高級副官だった岩崎氏は、三号艦の決死輸送の経緯《いきさつ》にいたく感激した。そして岩崎氏は、三号艦の戦友会に出席する私に、感謝の言葉を託した。この感謝の言葉は、丸井盛之介会長より、戦友会の参加者一同に披露された。

「歩兵第七十六旅団の指揮下にあった独立歩兵第三百五十三大隊（大隊長・山田藤栄）は、ダバオの戦闘に勇戦敢闘し、第三十五軍司令官より軍感謝状を、さらに第百師団長より賞詞をいただかれました。

戦後、私は長崎県佐世保市俵町五の十四に居住して、松永市郎殿とは、旧軍関係などの会合で語らい、三十有余年来親交を篤くした戦友同志です。

先ごろ、松永氏から、『比島ミンダナオ島戦記』を拝借して読み、山田大隊活躍の陰に、第三号輸送艦が危険を冒し、決死的輸送により同大隊をダバオに輸送していただいたことを知りました。

戦友皆様方に第百師団を代表してその御恩に感謝の意を表わすため、本伝言に当時の奮戦記および要図を添えて、厚く御礼を申し述べます。

なお第三号輸送艦は、帰途の航海において、敵潜水艦によって撃沈され、乗員の皆々様方が言語に絶する御苦労をされたことを知りました。とくに第百師団の輝かしい、戦闘要図の戦功は、皆々様方に助けられたからであります。

ここに感謝の念をこめて、本英霊の方々の御冥福を御祈り申し上げますとともに、皆様に厚く御礼を申し述べます。

じつは小生出向いて、皆様に御拝眉の上、御挨拶を申し上げるべきでありますが、用務の都合上、松永殿に幸便を托し御伝言ができましたことを光栄に存じます。戦友会皆々様方の御多幸と御健勝、さらに貴会の御盛会を御祈り申し上げます」

＊

昭和六十年の三号艦戦友会は、「天の橋立」の旅館、文珠荘新館においてひらかれた。客員として出席した筆者は、全国各地から集まってきた三号艦の生存者から、その生々しい体験談を聞く機会をえた。

筆者自身、軍艦「名取」が、陸岸から六百キロ離れた洋上で、敵潜水艦の雷撃により撃沈されたとき、カッター三隻にて編成された、「名取」短艇隊の次席将校だった。ほとんど飲まず食わずで、磁石もなく星座を見つめて、十三日間も櫂《かい》を漕ぎつづけ、死地に命を拾った経験を持っている。

その経験を上回《うわまわ》った苦労をしてきた、三号艦のみなさんの話は、筆者の拙い筆ではとても書きあらわせないが、そのいくつかを拾ってみよう。

Aさん＝彼は、航空隊に着いて、大発（運搬船）の艇長をしていた下士官から、つぎの話を聞いた。

「三号艦の乗員救助に向かえとの命令を受け、命がけで三回出かけた。昼間は敵機の襲撃を受けるので、日没後に出かけて日出前までには帰ってこなければならなかった。三号艦の座礁場所に、夜中に着いて乗員をさがしたが、残念ながら発見できなかった。三回とも何の手掛かりもなかったので、大発派遣は打ち切りとなった」

大発は来てくれないと恨んでいたが、命がけで三回も来てくれたのかと、あらためて友軍のご苦労に感謝した。

そして思った。あの場合、夜中は全員が沈没現場から山側に避退していた。もし数名の見張員を現場に残していたら、この大発に救助されたのではなかろうか。


Ｂさん＝モロ族の襲撃をかわして、山の中を駆けずりまわっている間に、戦友と二人っきりになってしまった。運の悪いことに、その戦友は左脚に深手を受けて歩けなくなった。Ｂさんは、戦友を見捨てるわけにもいかず、戦友を背負って進むことになった。半月も食事をしていないので、一人で歩くのも大儀である。戦友を背負っての前進は、なかなか思いどおりにならなかった。背負いはじめてから三日目の朝、戦友が言った。

「水を飲みたい。ご苦労だが、さっきの小川から水を汲んできてくれ」

Ｂさんは疲れた体にむちうって、小川まで引きかえした。容器もないので、大きな葉っパに水をすくった。こぼさないように持ち帰るには、思いがけないほど時間がかかった。元の場所に引きかえしてみると、戦友は葛《かずら》を首に巻いて死んでいた。手足まといになるまいと、みずから命を絶った戦友の心情を想い、Ｂさんは男泣きに泣いた。しばらくして、

「そんな感傷にひたっている場合ではない。みずから命を絶った戦友の思いやりにこたえるために、自分は生きつづけなければならない」

と、気がついた。自分が現在こうして生きているのは、みずから命を絶った戦友のお陰である。

Cさん＝右脚を怪我して歩けなくなり、山の中の草むらに隠れて、ひとりでうずくまっていた。いきなり目の前に、一人の年老いたモロ族がやってきた。シマッタと思ったが、立ち向かう気力もないので、そのますわっていた。その老人は、やがてそのまま静かに引きかえしていった。

さっきのモロが、ふたたびこちらに近づいてくる。目つき、物腰から、この老人が、自分に危害を加えにやってきているとは、思わなかった。こちらが、相手と闘える状態でないことは、その老人も気づいているだろう。言葉は通じないが、二人の異邦人の間には、一種の相互信頼感みたいな雰囲気ができた。

老人は右手に草を持っていたが、両手でその草をもんで、汁を自分の脛《すね》にかけて見せた。そして老人は、その草を、そーっとおいて、やがて静かに立ち去っていった。

自分はそのとき、幼いころ、祖父に連れられて裏山に、薪とりに出かけたことを思い出した。自分が怪我をしたら、祖父がよもぎの汁を傷口にかけ、タオルでくってくれた。そうだ。さっきの老人は、自分に薬草を採ってきてくれたに違いないと思った。そこで自分は、その草の汁を傷口にかけて、くくっておいた。いつの間にか、眠っていた。翌朝、目がさめてみると、傷はだいぶよくなっていた。山裾を歩き回ってあの草を見つけては、モロの老人を思い出した。自分が現在生きているのは、あの老人のお陰である。

これらの人たちの話を聞きながら、私はつぎのようなことを知った。

モロ族の集団は、日本兵の集団に対して、残虐行為をくりかえしていた。しかし、一人のモロは、傷ついた一人の日本兵を助けた。

「窮鳥懐に入らば、猟師もこれを撃たず」とは、かならずしも日本人だけの感情ではなさそうだ。ひょっとすると、それは人間の本性かも分からない。軽率と非難されるのを覚悟で、私はつぎのように推測する。

「人間が団体行動をするとき、理性を失い凶暴になりがちである。個人で行動するとき、冷静で思いやりを持っている。異邦人の間でも、そうである」

モロ族の集団が、日本兵の集団を襲撃していたのは、当時アメリカ軍から、一人当たりいくらと報奨金が出ていたのだろう。この事情を十分承知しながら、モロの一老人は、一人の日本負傷兵を助けた。

私はここで、戦場だった南方のある島で、日本兵とアメリカ負傷兵との間にくりひろげられた「アンノーン・ソルジャー」の話を思い出した。

昭和五十三年十一月、親和銀行（本店、長崎県佐世保市）は、百周年記念事業の一環として、長崎県西彼杵郡大瀬戸町雪ノ浦に、ボーイスカウト研修棟を建設した。この研修棟ロビーには、無名戦士（アンノーン・ソルジャー）の陶壁画が飾られている。この陶壁画は、一九五二年（昭和二十七年）、アメリカのボーイスカウト連盟より来日したC・M・フィンネル博士が、当時の理事長・久留島秀三郎氏に伝達した話にもとづいてつくられている。その話は、第二次大戦において、ボーイスカウト出身の瀕死《ひんし》の米兵と、同じくボーイスカウト出身の若い日本兵との間にくりひろげられた、恩讐をこえた友愛物語を主題としている。

額面は、高さ二・七メートル、横四メートルほどの大きさである。これは、岩尾磁器工業株式会社（佐賀県有田町）の製作になるもので、タイル二百三十一枚を使用してある。この無名戦士像の説明板には、つぎのように書いてある。

『これは南洋諸島の中の、どこかの島であったまだ生々しい実話の記念像である。

一人のアメリカ兵が重傷をうけて、倒れていた。そこへ一人の日本兵がやってきた。剣付鉄砲を胸に突き刺されたらおしまいだ。倒れていたアメリカ兵は古いスカウトだった。死を覚悟し、なんという気もなしに仰向いたまま三指の礼をし、そのまま気が遠くなっていった。

しばらくして彼が気を取り返したとき、そこには日本兵がいなくて、彼の負傷は立派に手当がしてあった。そして、

「私は、日本のスカウトだった。三指の敬礼をした君を殺すことはできない。傷には手当をしておいた、グッド・ラック」

と書いた紙切れがそばにおいてあった。

この重傷の兵は生還した。そしてこのボーイスカウトは、太平洋の孤島の戦場でめぐりあ

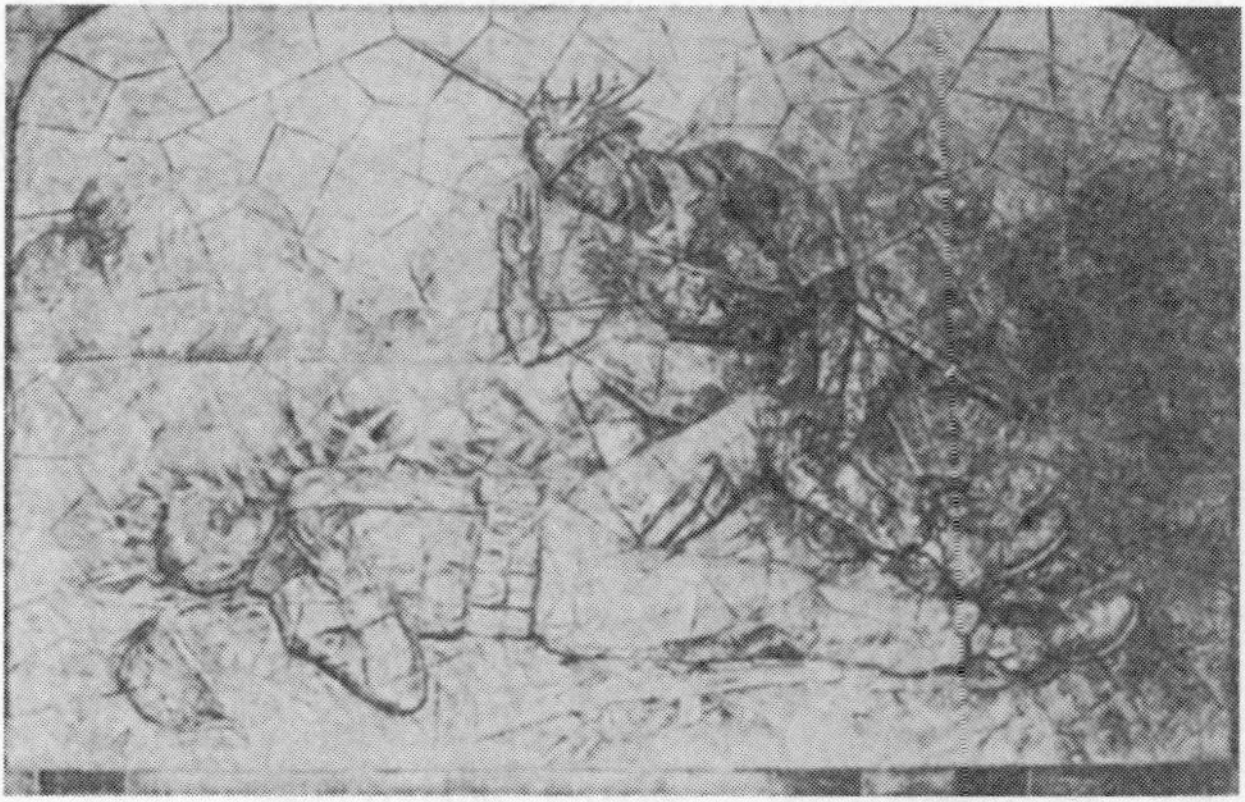

無名戦士(アンノーン・ソルジャー)の陶壁画。タイル231枚を使用、高さ2.76メートル、横幅4メートルにボーイスカウトの友愛物語が描かれた記念像。

った日本のブラザースカウトのことをみんなに伝えた』

なお、アンノーン・ソルジャーの原型について付記する。

一、作者、横江嘉純氏。

一、製作年月　昭和三十三〜三十四年、下絵の作者はつまびらかでない。

一、ボーイスカウト那須野営場にある像は、原型であり、石膏でつくられている。

一、昭和三十四年（一九五九）、皇太子のご成婚記念日に、子供の国（遊園地）が横浜にオープンされることを知り、理事長久留島秀三郎氏は、アンノーン・ソルジャーの像を鋳造させ、据え付け寄贈した由である。当時、中央審議会の委員・小林芳夫氏が、そのエピソードをもとに、劇の脚本として題名「星の夜の歌」を書き下ろしている。

11 悲劇を越えて

福井静夫少佐は戦時中、呉工廠において、輸送艦の担当者として勤務していた。そして最初に手がけたのが、第三号および第四号輸送艦である。そこでこの両艦の乗員と語り合ってみたいと、かねてから念願していた。しかし、両艦とも、竣工してからわずか二ヵ月くらいで撃沈されたし、生き残り乗員も少なく、なかなかその機会がなかった。

昭和六十年十月、私は三号輸送艦戦友会会長・丸井盛之介氏とともに福井氏宅を訪ねた。福井さんと丸井さんとは、これまで一面識もなかったが、二人はあたかも十年の知己のように話しはじめた。

福井さんの説明によると、三号と四号の両輸送艦は、軍艦「大和」を建造した大ドックの中で、龍骨《キール》を並べて同時に着工された。日本海軍はこのとき、艦艇建造にはじめてマスプロ工法を採用した。このため、

(1)船殻工事はできるだけ大きなブロックにまとめ、ブロックとブロックをつなぎ合わせる。艤装品は、できるだけブロックの階段に取りつけておく。

(2)船殻ブロックを大型化するため、ブロック全体をつつんでしまう大型治具（組立て型）をつくる。

などの新しい工法を実施した。このため当時としてはきわめて短期間に、輸送艦を竣工させることができた。とはいっても、三号艦、四号艦の起工から竣工までは五十日間かかった。最初は五十日間かかったこの期間も、研究工夫を重ねた結果、その後は、三十日間に短縮することができた。

このマスプロ工法は、戦時中に輸送艦建造に貢献したばかりではない。戦後の日本造船界は、建造量世界一をつづけていたが、これは戦時中の輸送艦のマスプロ工法の経験が、大いに役立っていると思われる。

戦前の日本には、「粗製濫造《そせいらんぞう》」という言葉があった。そして一般の人たちは、「マスプロで造るものは、質の悪い物」と、頭から決めていた。技術者は、かならずしもそうは思っていなかった。

技術者は輸送艦建造に当たって、マスプロしても粗製濫造にならないよう注意していたし、できれば艤装品に互換性を持たせたいと、真剣に取り組んでいた。そして当時としては珍しい、実物大の模型も造ったし、大型の回転治具も準備した。だから輸送艦は、一等輸送艦にせよ二等輸送艦にせよ、決していい加減な艦ではなかったと、福井さんは、くり返しくり返し、何度も熱っぽく語った。

二人の話がつづく中で、私は田舎の棟梁の話を思い出していた。私は五歳のときから江田島の兵学校に入校するまで、佐賀県東部の筑後川沿いの田舎で、母方の祖母に育てられていた。私の家は、私が生まれる二年ほど前に建てられていたが、棟梁がときおり訪ねてきて、子供の私に言い聞かせていた。

「大工仕事も、満足できる仕事ばかいじゃ、なかバイ。よか仕事した家には、こぎゃんしてときニャやってくったい。そいバッテン、うっつけ仕事した家の近くは、いこうごとなかタイ」（注、大工仕事も、満足できる仕事ばかりではない。よい仕事をした家には、こうしてときにはやってくる。だけど、いい加減な仕事をした家の近くには行きたくない）

福井さんは、田舎の棟梁のように、精魂こめて造った三号艦の丸井さんに、懐かしく話しているわけである。仲介役の私が無視されても、それはそれで意味があると思った。

辞去しようとする私たちに、福井さんは居ずまいを正して、つぎのように語った。

「昭和二十年になると、敵大型機の編隊爆撃が相つぎ、敵艦載機がわが物顔に日本の空を飛び回り、戦艦・巡洋艦の大型艦はもとより、小艦艇でも行動できなくなりました。そのような苛酷な戦況下でも、輸送艦だけは最後まで、捨て身で働いていました。輸送艦乗員に対しまして、技術者としても日本人としても、私は心から感謝しています」

丸井さんと私が、福井氏宅を出たときには、つるべ落としの秋の陽はすでに西の山にかかっていた。帰りの道すがら、私たち二人は、福井さんの今日の話を、なんとかして世間一般に伝えたいと話し合った。

その後、私は、丸井・三号艦戦友会会長の仲介によって、山田大隊の一員で、同隊の刊行物作成に貢献した杉山茂氏にお目にかかった。杉山氏は名取短艇隊の成功を賞めたし、私は山田大隊のダバオ攻防戦における敢闘をたたえた。杉山氏は私の言葉に、つつましくつぎのように答えた。

「山田大隊が活躍できたのは、第三号輸送艦がダバオまで決死輸送して下さったからです。これは、海軍の貴方に向かって、私が個人として挨拶で申し上げているわけではありません。山田大隊一同の一致した意見です。『密林行進　消えた　戦友二百人』という新聞記事がありますから、ご参考までに、後日お届けしましょう」

私は杉山氏の話を聞きながら、世間一般に言われている「星と錨」の言葉を思い浮かべた。陸軍の帽章は星で、海軍の帽章は錨だった。そこで世間一般では、陸軍と海軍とは仲が悪いとの意味合いをふくめて、「星と錨」という言葉は、「犬猿の仲」と同様に使われている。中央での縄張り争いはいざ知らず、前線では陸軍も海軍もなく、おたがいに乏しきを分かち合う戦友意識を持っていたことを、三号艦と山田大隊のかかわり合いを通じて、私はあらためて知った。それどころか、三号艦と山田大隊との間柄は、「水魚の交わり」といっても、決して言い過ぎではあるまい。

呉海軍墓地内にある三号艦の慰霊碑は、寄付を一切断わって生き残り35名で建立した。

杉山氏は別れぎわに、佐治慎介氏の消息を語った。陸軍の杉山氏から、海軍の先輩で私の旧知である佐治さんの話を聞こうとは、私としては予想もしていなかった。杉山氏の話によると、「佐治さんは、さきごろ、ミンダナオ島ダバオに、公園つきの慰霊碑を建設されました」とのことだった。

＊

想い起こすと、昭和十九年八月、軍艦「名取」と第三号輸送艦とは、たまたまマニラでいっしょに停泊していた。戦況が急に緊迫してきたので、両艦は編隊航行で、マニラから西太平洋のパラオ諸島まで、緊急輸送をすることになった。これがおそらく、パラオにたいする最後の輸送と予想されたので、「名取」艦長久保田智大佐と第三号輸送艦艦長浜本渉少佐は、途中でどちらが被害を受けても、無傷の艦は、被害を受けた艦とその乗員とを見捨てて、パラオへの輸送を完遂することをあらかじめ打ち合わせた。

編隊航行をしていても、僚艦を救助艦とはみなされない、きわめて厳しい条件下の輸送だった。そして「名取」は途中で撃沈され、第三号輸送艦は打ち合わせどおり、パラオ輸送の完遂に向かった。両艦は同じ部隊に所属していたわけでもなかったし、いっしょに行動した期間もわずか十日あまりにすぎない。そしてその別れは、あまりにも悲劇的だった。

戦後、敗戦国の復員軍人は、きわめて厳しい生活苦に悩まされた。中でも戦傷病者の苦労は、大変だった。戦後十数年たったころから、ようやく、「名取」は「名取」で、三号艦は三号艦で、それぞれの戦友会をひらけるようになってきた。

戦後四十年たった昭和六十年三月、三号艦の丸井盛之介会長が、「名取」の今井大六会長を訪ねたことから、両艦の戦友会の間に交流がはじまった。そしてこの年、「名取」の戦友会に、三号艦の代表として、中西敏郎氏とほか一名が出席した。そのお返しとして、三号艦の戦友会に、「名取」の代表として、今井大六会長と松永市郎（筆者）が参加した。こうして両艦の戦友会は、思いがけなくも相互乗り入れの状態となった。

　思うに人間の出会いは、必然的で期間が長く、しかもハッピーエンドに終わっていても、その後かならずしも甘《うま》く運ばないこともある。それに引きかえ、「名取」と三号艦との場合、その出会いは偶然で期間も短く、しかもその別れはむしろ悲劇的だったが、不思議にも、いまこうして相互乗り入れの状態になってきた。

　そしてこの相互乗り入れがきっかけで、今後はそれぞれの会員が、その人の自由意志で、相手の戦友会に出席することもあるにちがいない。こうして両艦戦友会の親密さは、これから年とともに、そのひろがりと深さを増してゆくだろう。

輸送艦かく戦えり

1　幸運の第一九号輸送艦

終戦時に残った一等輸送艦四隻のうちの一隻、第一九号輸送艦艦長には、柴田正（現姓、奥野）大尉が任命された。中、少尉時代には、「飛龍」乗組としてハワイ空襲、インド洋作戦に、また「長門」に乗り組んでミッドウェー海戦にも参加した。

その後は「沢風」砲術長となり、沿岸船団護衛に従事し、駆逐艦乗りとしての腕を磨いていた。駆逐艦長は、柴田大尉が兵学校生徒時代の教官、森幸吉少佐だった。森教官から叱られては、期友の口さがない連中は、「無理言う吉」の仇名を奉っていた。その森艦長から鍛えられていたので、柴田大尉の腕が上がったであろうことは、容易に想像される。

不沈艦として令名高い「雪風」の砲術長に転じてからは、マリアナ海戦、レイテ沖海戦に参加し、太平洋狭しと暴れ回っていた。柴田大尉は、開戦から終戦まで、船乗りとして、つねに第一線で勤務していた。しかも、ほとんどの大海戦に参加していたが、乗艦沈没の悲運には、とうとう合わなかった。幸運もさることながら、彼が船乗りとしての技量と度胸を持ち合わせていたからである。

昭和二十年二月二十四日、柴田大尉が艤装員長として着任したとき、事務所にいたのは、機関長・石谷堅太郎大尉（現姓、橘）と庶務主任・鈴木末吉兵長（現姓、砂金《いさご》）の二名だけだった。

翌二十五日、晴れの進水式が行なわれたが、なんの構造物もない、のっぺらぼうの船体には、錆止め塗料がぬってあるだけだった。艦は日増しに逞ましくなっていくし、乗員もぼつぼつ増えてきた。二週間後、第二〇号輸送艦が隣りに横づけされ、姉妹艦二隻の工事が並行的に進められた。第二〇号艦には、三輪勇之進大尉が艤装員長として着任した。

三月下旬、柴田艦長は、呉鎮守府戦務参謀・高橋中佐に、工事の状況を説明した。竣工就役の上は、沖縄輸送に従事するとのことだった。対空戦闘能力の急速錬成が必要と思ったので、艤装中の落ち着かない雰囲気だったが、訓練をはじめた。

「総員起こし」の前や食事の最中など、思いがけないときに、けたたましいラッパやブザーが響き渡り、隣りの二〇号艦をあわてさせたこともあった。

このころ、敵大型機が夜間、瀬戸内海に機雷敷設をはじめたので、内海の航海も警戒を要する事態となってきた。このため、四月一日に予定されていた公試運転は延期された。狭いながらも掃海水路が啓開され、延期中の公試が四月九日に実施される運びとなった。

掃海区域も狭いので、同一航路を折り返し航海していたが、八回目の航海で触雷した。水深三十メートルの地点を、十六ノットで走っていたので、艦尾を少しかわしたところで爆発

姉妹艦の20号艦と共に艤装工事が進められた第19号輸送艦。柴田正大尉を艦長とする19号艦は戦局逼迫のため、公試運転後、第31輸送隊に編入された。

した。幸い人員、船体に損傷はなかったが、機関関係ではいたるところに亀裂・隙間《すきま》ができて、工事期間一ヵ月の被害があった。ふたたび栈橋《ポンツーン》に横づけして、修理に取りかかった。

戦局は日に日に悪化し、燃料節約の方針もあって、駆逐艦以上の軍艦は、偽装して係留するようになった。このため、これまでは敵潜からも敵機からも、見逃されていた行動中の小艦艇が狙われるようになってきた。僚艦の一八号艦は沖縄付近で敵潜により、一七号艦は奄美大島で敵機により、それぞれ撃沈された。

遅れて艤装に入った第二〇号だが、公試運転をぶじに終わり、四月下旬に就役し、横須賀鎮守府配属となった。第一九号が修理を完了し、二回目の公試運転を行なったのは、五月十四日だった。前回の苦い経験もあり、使用海面も公試方法も、慎重に検討されたので、今回はみごとに終了した。

五月十六日、晴れの竣工式を迎えた。五月晴れの青空を背景に、へんぽんとひるがえる軍艦旗を仰いでは、これまでの苦労もふっ飛んだ。乗員一同、いよいよ出陣の時機来たるの感慨にふけった。呉工廠長・妹尾《せのお》知之中将も臨席され、祝い酒も紅白の餅も配られた。乗員の意志統一をはかり、団結を強くするため、先任将校・植原一樹大尉は、「艦歌」を作詞作曲した。後日、機関長付・矢田一彦少尉は「特々音頭」の作詞をした。

竣工と同時に、連合艦隊第三十一輸送隊に編入され、呉鎮二特戦の指揮下に入った。二日間のあわただしい物件搭載作業をやっとすませて、出撃準備もそこそこに、五月十九日、いよいよ初陣の日を迎えた。

初仕事は、四国南岸の須崎・浦戸方面に配備する、特攻兵器・回天を輸送することだった。空襲が激しくなってきている折柄、一抹の不安はあったが、とにもかくにも任務を完了して、ぶじ呉港に帰投することができた。

前年までの新造艦は、竣工引き渡しを受けると、ひとまず訓練部隊に編入されて、少なくとも一、二ヵ月間の訓練期間をあたえられていた。ところが、戦局逼迫したこの年からは、この訓練期間もなくなった。このため公試運転を終わると、ただちに実施部隊に編入された。姉妹艦の第二一号艦は、公試引き渡しを終わって間もなく、昼間、瀬戸内海を航海していて、敵機の集中攻撃を受けて撃沈された。

そんなこともあってか、転輪羅針儀《てんりんらしんぎ》の修理を急いでもらいたいと、工廠側に交渉したところ、

「輸送艦は、出撃したらすぐ撃沈される。修理するまでもないでしょう」

と、担当部員が暴言をはいたのに憤慨して、乗員が暴行事件を引き起こした一幕もあった。いろいろ曲折はあったが、呉鎮守府の調停によって、ようやく一件落着した。

また触雷後の工事期間中に、防空訓練に励んでいたことが、乗員の練度向上にもなったし、乗員が自信を持つことにもなった。文字どおり「禍を転じて、福となした」わけである。

二十年の六、七月になると、敵の大型機も小型機も、日本の空をわが物顔で飛ぶので、瀬戸内海の昼間航行はできなくなってきた。このため第一九号艦は、内海の往き帰りも夜間航海をした。

目的地に着くや、ただちに揚貨機《ウインチ》を使って、夜間揚搭作業を行なった。文字どおりの総員配置で、兵科、機関科、主計科などの区別はなかった。総員が血眼で、汗みどろになって働いた。揚搭作業が終わると、ただちに抜錨して、夜航海で呉港に帰ってきた。その代わり、呉に帰ったら、みんな大いに羽根を伸ばしていた。

こうして乗員の士気は揚がり、一九号艦は幸運艦であるとの自信を、乗員だれもが持つようになってきた。輸送途中、敵機のB29、P38に出会っても、びくびくしなくなった。呉鎮守府機関参謀・小林少佐に強引に交渉して塗料を手に入れ、他艦にさきがけて船体に迷彩塗装をほどこした。

六月二十二日、工廠の桟橋に横づけしていたとき、百八十機のB29の空襲を受けた。付近に多数の爆弾が投下され、危険この上なかった。幸いこの日も、艦首付近の至近弾で、電磁ラッパ一個が脱落しただけで、大した被害はなかった。乗員はますます、幸運艦の自信を強くした。

これまでの輸送艦は、二ヵ月ほどの間に、初回か二回目の輸送で、撃沈される例が多かった。そのような戦況下で、一九号艦は、四国南岸および九州東岸への輸送を、五回とも成功させた。そこで一九号艦は、乗員以外からも幸運艦ともてはやされ、呉鎮守府の「虎の子」と評判になった。

しかし、幸運ばかりはつづかなかった。七月二十四日が運命の日となった。一九号艦はこの日、四国西岸の宿毛《すくも》に回天を輸送する予定だった。前回は工廠桟橋で冷や冷やしたので、午前六時に空襲警報が発令された。前回は工廠桟橋で冷や冷やしたので、倉橋島南方海域に転錨避難した。

敵機とまともに戦うのを避けるため、高角砲は使用しないのを建て前にした。砲は仰角をかけずに、水平としておいた。確実に本艦に向かってくる敵機に対しては、機銃で対抗し、ひたすら艦の隠蔽《いんぺい》につとめていた。

ところが、このあたりは、敵機が急降下態勢に入る地点なので、行きがけの駄賃と襲ってくるのもあれば、呉で落としそこなった爆弾を落とすのもある。負傷者も出たので、第一波が引き揚げた潮時に、呉と松山との中間に当たる、クダコ水道の中島付近の山陰スレスレに避退した。

島側からは、こないだろうと警戒していなかったところ、その虚をつかれてTBF三機から、船体水面上にロケット弾三発を打ちこまれた。風穴をあけられ、火炎となった。その煙をめがけて、敵機がつぎつぎに殺到してきた。機銃員はほぼ全滅したし、少ない人数で消火作業もしなければならなかった。船倉には、火薬や油類を満載しているので、気が気ではなかった。

敵機が引き揚げたのは、午後六時すぎだった。揚錨機は使えないし、人手も足りないので、捨錨出港した。機関関係は無傷だったが、操舵装置は使えず、人力操舵だった。夜の十時すぎ、ほうほうの体で呉港にたどり着いた。負傷者の処置をし、密閉消火に取りかかった。

三日目になって、やっと鎮火した。戦死者は、砲術長・野田孝三郎少佐（戦死後進級）以下乗員二十五名、便乗者二十四名で、負傷者は六十八名だった。

二十六日、敵の艦載機が追い撃ちをかけてきたが、この日はさしたる被害はなかった。一九号艦は入渠修理をすることになった。乗員の士気が落ちていないのが、せめてもの救いだった。

アメリカの原爆投下、ソ連の参戦と、暗いニュースがつづいた。政府は一億総特攻を呼びかけていた。入渠修理の機会に、船体両舷にそれぞれ魚雷二本を抱えこみ、本土決戦にさいしては体当たり特攻をすることで、準備をすすめていた。

そして八月十五日、終戦となった。

2 多号輸送の戦歴

第一遊撃部隊（栗田艦隊）が、米機動部隊の激しい追撃を受けていた昭和十九年十月二十六日、大本営陸海軍部は、当面の情勢について検討を行なった。レイテ方面情勢一般の判断は、どちらかといえば明るい方だった。連合艦隊から報告されたフィリピン沖海戦の戦果は、空母七隻を撃沈破し、さきの台湾沖航空戦の戦果をくわえると、米高速空母より編成された機動部隊に対して、相当の打撃をあたえていると判断された。

海軍部は、比島方面を行動中の残存兵力を、正規空母三、巡洋艦改装空母三、特空母十隻以上、戦艦十隻内外と判断した。陸軍部は、海軍部の判断をふまえ、当面の情勢をつぎのように判断した。

「レイテ方面空地の戦闘は、今後、幾多の困難はあっても、大局より見て我に有利で、全戦力を決戦点に集中すべき戦機である」

この判断は、海軍部の過大な戦果判断に惑わされた一面もあるが、つぎのような希望的観測が加味されていたことは事実である。

敵がレイテ島に上陸して以来、同島駐屯の第十六師団から、陸戦に関する報告乏しく戦況は不明だが、現地において善戦敢闘しているものと、希望的に判断していた。

こうして大本営は、第一、第二十六師団および第六十八旅団を早急にレイテ島に増援して、いっきょに敵の上陸部隊を撃滅するという、既定のレイテ地上決戦方針を再確認した。

第二次輸送は、第一水雷戦隊司令官木村昌福少将指揮の下に、第一師団（玉兵団）をオルモックへ輸送する目的をもって実施された。人員資材の揚陸は成功したが、揚陸後、輸送船一隻が敵機の爆撃により撃沈された。

警戒部隊＝駆逐艦六隻
護衛部隊＝海防艦四隻

第一船団＝高速輸送船四隻。十月三十一日、マニラを出て、翌十一月一日夕刻、オルモックに入泊した。機帆船十隻、大発五十隻で人員資材を陸岸まで運んだ。

第三船団＝輸一三一号艦は、独立速射砲一コ大隊をオルモックに上陸させた。揚陸後、輸一〇一号艦乗員を収容し、マニラに向かった。途中で敵機の爆撃を受け、航行不能となり、輸九号艦の曳航を受けることになった。

レイテ地上決戦に備え、人員資材の輸送に努めた第一水雷戦隊司令官・木村昌福少将。

第四船団＝一等輸送艦三隻。輸十号艦、輸六号艦は、オルモック揚陸を終わり、ただちにマニラに向かった。輸九号艦は、揚陸後セブ島リロアンにいたり、第三十五軍司令部を乗せ、ふたたびオルモックまで運んだ。マニラへの帰途、航行不能の輸一三一号艦を曳航し、十一月五日、キャビテ軍港に帰投した。（注、多号作戦が第二次輸送からはじまっているのは、第十六戦隊などによる輸送作戦を第一次とみなしたものと思われる）

第三次輸送は、第二水雷戦隊司令官早川幹夫少将指揮の下に、第二十六師団（泉兵団）残部および兵站《たん》部隊をオルモックに輸送する目的をもって、低速輸送船五隻で実施された。オルモックに向け航行中、敵艦載機の攻撃によりつぎつぎに撃沈され、揚陸の目的を達成しなかった。

警戒部隊＝「島風」（早川司令官座乗）ほか駆逐艦三隻
護衛部隊＝掃海艇三〇号、駆潜艇四六号
第二船団＝低速輸送船五隻

十一月八日、比島中部の東方海面に出現した低気圧を利用し、悪天候下の輸送をめざして、九日午前三時、豪雨をおかしてマニラを出撃した。

十一日午前八時半から十一時まで、米艦載機数百機の来襲により、旗艦「島風」以下艦船九隻は、オルモック泊地を目の前にして撃沈された。戦場を避退した駆逐艦「朝霜」一隻だけが、十二日、マニラに帰着した。

第四次輸送は、木村昌福少将指揮の下に、高速輸送船を使用し、第二十六師団（泉兵団）

の主力をオルモックに輸送することになった。人員は揚陸させたが、資材の揚陸は若干に留まった。

警戒部隊＝「霞」（木村司令官座乗）ほか駆逐艦五隻
護衛部隊＝海防艦四隻
第六船団＝高速輸送船三隻
第四船団＝輸一〇号、輸六号、輸九号三隻

十一月八日、悪天候をおかしてマニラを出撃し、九日夕刻にはオルモックに入泊した。オルモックでは、七日以来、米軍長射程重砲の射撃を受けるようになったので、現地部隊は第四次輸送の揚陸点を、北方または南方にそれぞれ三、四キロはずすように選定した。台風に備えて陸揚げしていた大発五十余隻は、高浪がまき上げた土砂に埋まり、この日は五隻しか使用できなかったので、揚陸ははかどらず難渋した。まず人員を揚陸させ、資材は故障大発、筏などに積み込み、曳索をつけて陸上より引き揚げさせた。

敵機の空襲がはじまったので、木村司令官は、十一日午前十時半、揚搭を打ち切り出港した。第四船団は、第一師団（玉兵団）の残りを輸送したが、本隊より遅れ、正午すぎマニラに向かった。

帰途、数次にわたる敵機の来襲があり、輸送船二隻と海防艦一隻が撃沈された。幸い沈没をまぬがれた艦船も、大なり小なりの被害を受けた。

当初の多号作戦計画では、十一月中旬の前半に、第六十八旅団を第五次〜第七次輸送で、オルモックに送りこむ予定だった。そして十一月中旬末には、大型船をもって第二十六師団の軍需品を、オルモックに送る計画だった。ところが、米機動部隊の相つぐ空襲により、輸送船が撃沈され、この計画もご破算になった。

そして第三次輸送は揚陸前に全滅し、第四次輸送は人員のみの揚陸にとどまった。そこで第五次〜第七次輸送では、人員輸送の計画を変更して、軍需品輸送に切りかえることになった。

また空襲被害のため、護衛艦艇、とくに駆逐艦が不足し、今後の輸送にさいしては、駆逐艦「桑」「竹」のほかは、駆潜艇、哨戒艇に頼らなければならなくなった。

第五次輸送は、第一輸送船隊司令官・曾爾章《そじあきら》少将を中心に協議され、同隊所属の輸送艦をもって軍需品の輸送を実施することになった。第三次以降は、昼間の敵機来襲が激しくなったので、昼間はマスバテ島などの島影に避泊するよう計画された。

第一梯団＝輸一一号、輸一四一号、輸一六〇号が、駆潜艇四六号に護衛され、十一月二十三日、マニラを出撃した。二十四日早朝、カタイガン（マスバテ島南東部）に避泊していたが、輸送艦は三隻とも被爆炎上した。駆潜艦四六号も、帰途、被爆撃沈された。

第二梯団＝輸六号、輸九号、輸一〇号は、「竹」艦長宇那木勁《うなきつよし》少佐指揮の下に、十一月二十四日、マニラを出撃し、二十五日、昼間はマリンドケ島に避泊していた。ところが、米艦載機の数次にわたる攻撃を受け、輸六号と輸一〇号は撃沈された。

「竹」はジャイロコンパスが故障し、十五名が戦死して負傷者も数多くでた。輸九号は航海長戦死、砲術長負傷、その他多数の死傷者があり、大発を降ろすワイヤが切断したため、オルモックに突入しても荷役ができなくなった。ここで指揮官宇那木少佐は、苦慮のすえ、いったんマニラに引き返して再起をはかる決心をし、二十六日午後、マニラに帰港した。

第六次輸送は、陸軍輸送船二隻を、駆潜艇四五号、駆潜艇五三号、哨戒艇一〇五号が護衛して、十一月二十七日午前十時、マニラを出撃した。二十八日午後七時、オルモックに突入し、弾薬二百五十立米《りゅうべ》、糧食千百立米の揚陸に成功した。

しかし、輸送船も護衛艇も、敵の魚雷艇および航空機の相つぐ襲撃により全滅した。

＊

第一次・第二次輸送は成功したが、その後、第三次より第六次までの輸送は、相ついで失敗し、被害は次第に増大してきた。そこで関係者の間に焦りが起こり、果ては陸上司令部と海上実施部隊との間に、相互不信感がただようようになってきた。

第七次輸送の打ち合わせは、輸送戦隊司令部で、悲愴感あふれる異常な雰囲気の中で行なわれた。第七次輸送は、十一月三十日から十二月三日までの期間に、三梯団に分かれ、オルモックに向かって強行輸送を行なうことになった。

第一梯団は、陸軍SS艇三隻と駆潜艇第二〇号で編成され、二十八日、マニラを出撃し、三十日、オルモック湾南部のイビルに突入した。

第二梯団の陸軍SS艇二隻は、三十日、マニラ発、レイテ島西岸のシドラ湾に到着した。

第三梯団は、「桑」駆逐艦長・山下正倫中佐指揮の下、輸九号、輸一四〇号、輸一五九号が、駆逐艦「桑」「竹」の護衛を受けて、十一月三十日、マニラを出撃し、十二月二日、オルモック突入の計画だった。

この輸送の往路では、幸い空襲を受けることもなく、各梯団は予定どおり泊地に入った。ありがたいことにこの晩は、味方航空機数機が上空直衛をしてくれた。しかもこの晩、敵側には何かの手違いがあったのか、直掩機も哨戒機も飛んでこなかった。この晩にかぎっては、日本側がオルモック湾付近の局地制空権を握っていた。

「桑」と「竹」が揚陸地の周辺を警戒し、第三梯団が揚搭作業をつづけているとき、アメリカ駆逐艦アレン・M・サムナー、モール、クーパーの三艦が忍び寄ってきた。わが上空直衛機は、いち早くこの駆逐隊を発見し、先頭艦サムナーに小型爆弾を投下し、至近弾によりこれを小破した。

「桑」はこの敵に向かって突きすすんだが、電探射撃を受けて撃沈された。「竹」は狭い湾内を二十四ノットの高速で突っ走り、敵三艦の激しい挟叉弾《きようさだん》（命中弾はないが、前後左右の近くに着弾すること）をあびながらも、好機を見て六十一センチ酸素魚雷二本を発射した。魚雷は約六千メートルに駛走《しそう》し、うち一本が三番艦クーパーに命中した。クーパーは、瞬時にして轟沈した。

また「竹」の大砲は、敵二番艦に命中弾をあたえ、銃撃で敵魚雷艇二隻を轟沈させた。しかし、この砲戦中、敵弾が前部機械室に命中し、「竹」は左舷に大きく傾き、一軸運転のやむなき状態となった。幸い敵は、魚雷攻撃で恐れをなしたのか、早々に引き揚げていった。「竹」は缶《かま》水不足となったので、輸九号艦に横づけし、同艦より缶水の補給を受けた。「竹」駆逐艦長・宇那木勁少佐は、輸九号、輸一四〇号、輸一五九号を率いて、マニラへの帰路についた。

この輸送では、揚陸目的を果たし、輸送艦三隻は無傷だった。残念ながら、護衛艦の「桑」は撃沈され、「竹」は一軸故障の被害を受けた。

「竹」水雷長・志賀博大尉（旧姓、保坂）は、その著『海軍兵科将校』（光人社刊）において、オルモック湾の魚雷戦について、つぎのように回顧している。

――十八年十月、志賀大尉が、「天霧」水雷長としてラバウル方面の輸送・警備に当たっていたころ、在泊各艦は空襲に悩まされながらも、士気きわめて旺盛で、反撃の機会を狙っていた。一年後のマニラ湾では、どの艦艇も守勢一方で、反撃の敢闘精神が薄らいでいたように見うけられた。そして最大の危険物になりかねない魚雷を、多くの艦艇が早々に陸揚げしてしまった。

「竹」では士気を高め、本艦は絶対に沈まないとの自信と霊感を深め、魚雷はあくまで陸揚げしなかった。魚雷発射管は四連装一基だったので、発射雷数はたかだか四射線しかなかった。そこで虎の子の魚雷調整には、通常から細心の注意をもって、念には念を入れておいた。激烈な戦闘場面での調定は困難だろうと、平常から、距離二千五百メートル、方位角九十度の場合の射角も二十六度に調定しておいた。

オルモック湾で、いざ発射しようとしたときには、電気関係が故障していて、発射ボタンを押しても、魚雷は発射しない状態になっていた。そこで艦橋から発射管まで伝令を配して、発射管員の肩をたたいて発射するという、最悪の事態におちいっていた。それでも魚雷二本を発射して、うち一本が命中した。

そして「竹」は、第二次大戦において、日本海軍が魚雷戦で戦果を挙げた最後の艦となった。この栄誉に輝いたのは、偶然でもなければ、幸運によるものでもない。「竹」がきわめて士気旺盛だったし、日ごろの教育訓練のお蔭であると思う。——

昭和十九年十二月七日、米海軍は、オルモック湾内に進入し、イピールおよびアルベラ駐屯のわが軍を砲撃した。米軍がレイテ島西岸に、上陸の企図あるを思わせる作戦行動だった。

このような戦況において、第八次輸送は、第四十三駆逐隊司令菅間《かんま》良吉大佐指揮のもとに、第六十八旅団の主力約四千名をレイテに輸送する目的をもって、つぎの編制で実施された。揚陸中に敵機の空襲があり、陸兵の揚陸には成功したが、軍需品は連隊砲二門のほか若干にとどまった。死傷者は三百五十名にのぼった。

輸送部隊＝輸送船五隻

護衛部隊＝駆逐艦三隻、駆潜艇二隻、輸第一一号

十二月五日午前十時半、マニラを出撃して、オルモックに向かった。七日夕刻、オルモック突入の予定だったが、レイテ島に近づくにしたがい、敵の妨害が激しくなり、アルベラ方面に敵揚陸中との入電があった。菅間司令は予定を変更し、七日午前十時、サンイシドロに擱座揚陸を決行した。

揚陸中に空襲を受け、輸送船四隻および輸一一号は大破した。護衛部隊の駆逐艦三隻および駆潜艇二隻は、多少の被害はあったが、五隻ともマニラに帰投することができた。

第九次輸送は、第三十駆逐隊司令沢村成二大佐指揮のもとに、歩兵第五連隊を基幹とする高階部隊約四千名および兵器弾薬・糧食をオルモックに輸送する目的をもって、つぎの編制で実施された。

輸送部隊＝輸送船三隻

護衛部隊＝駆逐艦三隻、駆潜艇二隻、ほかにオルモック輸送の輸第一四〇号、輸第一五九号が船団に同行し、セブ輸送の輸第九号は途中まで同行することになった。

輸一四〇号、輸一五九号には、逆上陸任務のためとくに整備訓練されていた、海軍特別陸戦隊約四百名が乗艦していた。また輸九号は、セブ島に甲標的二隻を輸送する任務をもっていた。

十二月九日午後二時、マニラを出撃し、十一日午後四時半、パロンポン沖で空襲を受け、

輸送船二隻は航行不能となり、残る一隻はパロンポンに突入した。ここで指揮官沢村大佐は兵力を二分した。

沢村大佐（「夕月」座乗）は、「卯月」、駆潜一七号と輸一三七号に指示し、パロンポンにおける揚陸と溺者救助に当たらせることにした。「卯月」は、同夜十時ごろ、溺者救助を終わり、オルモックに向かったが、その後、行方不明になった。

沢村司令は、駆逐艦二隻、輸一四〇号、輸一五九号を率いてオルモックに向かい、同夜十時、同地に突入した。同夜十二時ごろ、敵重巡と駆逐艦があらわれ、彼らの間に砲雷戦が展開された。駆逐艦「桐」は、命により搭載の陸兵をパロンポンに揚陸させるため、同地に向かった。

輸一四〇号、輸一五九号は、人員・戦車の全部と機材の半量を揚陸したが、輸一五九号は砲撃により大破した。十二日午前八時、駆逐艦「夕月」と輸一四〇号の二隻がオルモック湾を脱出した。

結局、十二月十三日夕方、マニラに帰着したのは、輸送船一、駆逐艦一、駆潜艇二、輸一四〇号の合計五隻だった。

第十次輸送は、第十師団の一コ連隊基幹および第二十三師団の一コ大隊をレイテ島に輸送する計画で、十二月十四日マニラ発、これらの部隊をクランシアン岬（レイテ島北西部）に上陸させる予定にした。

ところが、十四日、ルソン島南部に向かっていると思われる敵有力部隊が発見されて、陸軍はレイテ増援予定のこれら部隊をルソン島に配備することに変更した。

この陸軍側の措置にともない、大川内伝七南西方面艦隊司令長官は十四日、「第十次多号作戦輸送を中止し、同輸送部隊の編制を解く」旨を令し、レイテ島増援の作戦輸送は、同日をもって終了した。

昭和十九年三月、二等輸送艦第一四九号（艦長前川信一大尉）が、グアム島行きの基地員を乗せ、サイパン向け船団を護衛したのが、輸送艦の最初の実戦参加である。その後の半年間、輸送艦は竣工次第、逐次、実戦部隊に配属されていた。しかし、輸送効率を高めるため、輸送艦を建制部隊として統一使用することになった。

昭和十九年九月二十五日、第一輸送戦隊と第二輸送隊が、左記のとおり編成された。このうち、第一輸送戦隊は連合艦隊に配属された。

第一輸送戦隊＝旗艦「八十島」

一等輸送艦＝第六、九、一〇

二等輸送艦＝第一一一、一三五、一三六、一三九、一五八、一五九。（十月十四日以降追加）一一〇、一六一、一一三、一四一、一一四

第二輸送隊

一等輸送艦＝第七、八

二等輸送艦＝第一〇六、一〇七、一〇八、一一〇、一五四

十九年十月二十九日、比島部隊指揮官、三川軍一中将は、多号作戦（レイテ増援輸送作戦）の実施計画を発表した。

第一輸送戦隊司令官・曾爾章少将は、この作戦に策応して、一等輸送艦を単一作戦に集中使用することになった。一等輸送艦のこのような使用法は、第二次大戦において、本作戦が最初であり最後になった。

昭和二十年に入ってからは、輸送艦の主な作戦は八丈島、南西諸島方面への輸送となり、さらに対馬、鎮海あたりへと縮小された。

この間、輸送物件に「回天」「海龍」も加わるようになったが、やがて終戦を迎えた。

3　不死身の第九号輸送艦

敵の飛行機、潜水艦が暴れまわっている戦場に、何回となく突入し、不死鳥のように帰ってきたのは、駆逐艦では「雪風」であり、輸送艦では第九号輸送艦である。

両艦の働きの間に甲乙はつけがたいが、「雪風」を知っている者は大勢いるが、九号艦を知っている者はあまりにも少ない。なぜだろうか。

まず第一に、二つの艦種の間には歴史の差がある。

駆逐艦は、明治時代からの古い艦種で、その名称は、部外者でもよく知っている。一般の

人たちでも、戦艦、巡洋艦、駆逐艦の役割については概念を持っている。輸送艦は、昭和十八年八月ごろ、小艦艇の一種として制定された新しい艦種で、実戦に参加したのは十九年三月以降のことである。だから、部内者にも、十分知らない者がいる。

二番目は、イメージの問題である。

駆逐艦は、日本海軍が得意とした夜戦の花形で、身の危険をかえりみず敵主力に突入してゆく艦種である。速力、運動性能のすぐれた、俊敏の代名詞みたいな艦で、日本人好みのイメージを持っている。輸送艦という名称は、輸送船（一般商船をいう）、運搬艦（海軍では特務艦の分類に軽質油運搬艦・砲塔運搬艦あり）とまぎらわしく、後方で安穏な運搬をしているような、イメージをあたえてしまう。

最後に活躍場面である。

「雪風」は、ミッドウェー海戦、第三次ソロモン海戦、マリアナ海戦（あ号作戦）、レイテ沖海戦（捷一号作戦）、さらには沖縄特攻（天一号）作戦など、日米両国間において海戦と命名される、表舞台でつねに活躍していた。そしてこれらの海戦は、よかれあしかれ報道部から報道されたし、マスコミの話題にもなった。これに引きかえ九号艦は、これら海戦の準備段階か、あるいは後始末的な状況で、隠密裡に運搬しているから、その成果が直接戦果として現われるわけでもないし、報道されることもなかった。

ここで、いささか輸送艦の活躍について、触れてみたい。昭和十七年から十八年にかけ、ソロモン群島における補給輸送では、駆逐艦が主役を勤めていた。しかし、十九年三月以降、輸送艦が実戦に参加するようになってからは、南方の激戦地に対する輸送の主役は輸送艦に代わった。そしてこのころには、ソロモン海域の輸送当時にくらべ、敵の艦上機、大型機、潜水艦、さらには魚雷艇などの威力が、質量ともに飛躍的に増大していたので、輸送艦の苦労も被害も大きかったわけである。

輸送艦には、一等と二等の二種類があった。これから述べる九号艦は、一等輸送艦に属していた。一等輸送艦は、二十二隻建造されたが、終戦時に残っていたのは、わずか四隻にすぎなかった。そのほとんどは、次表に示すとおり、竣工後一、二ヵ月の間に撃沈されている。当時の敵は、補給を絶ちさえすれば勝てると、まず輸送の妨害につとめていたことが、うかがい知られる。このような戦況の中で、九号艦が、あらゆる困難と不利を克服して、縦横無尽に活躍し、最後まで生き残ったことは、特筆大書すべきことである。

艦名	竣工年月日	建造所	沈没年月日	原因	場所	記事
1	19・5・10	三菱横浜	19・7・29	飛行機	パラオ	
2	19・6・25	〃	19・8・5	〃	父島二見港	
3	19・6・29	呉工廠	19・9・15	潜水艦	ミンダナオ島	座礁中、米潜水艦グァヴィナ
4	19・6・15	〃	19・8・4	飛行機	父島付近	
5	19・8・5	〃	19・9・14	〃	ダバオ付近	
7	19・8・19	〃	19・11・25	〃	比島パラナカン湾	
8	19・8・15	三菱横浜	19・12・27	艦砲射撃	硫黄島	

6	19・9・13	〃	19・12・24	〃	父島南々西	
9	19・9・20	呉工廠			（呉）	復員輸送艦となる。一時、捕鯨母船に使用。23・6・26・解体
10	19・9・25	〃	19・11・25	飛行機	比島パラナカン湾	
11	19・11・5	〃	19・12・7	〃	レイテ北西方	大破放棄
12	19・11・11	〃	19・12・12	潜水艦	高雄南東方	米潜水艦ピンタート
13	19・11・1	三菱横浜			（佐世保）	捕鯨母船、復員輸送艦となる。22・8・8・ソ連へ引き渡し
14	19・12・18	呉工廠	20・1・15	飛行機	高雄付近	
15	19・12・20	〃	20・1・17	潜水艦	奄美大島北方	米潜水艦タウドグ
16	19・12・31	三菱横浜			（横須賀）	復員輸送艦となる。捕鯨母船。22・8・29・中国へ引き渡し
17	20・2・8	呉工廠	20・4・2	飛行機	奄美大島瀬相湾	
18	20・2・12	〃	20・3・18	潜水艦	六連付近	米潜水艦スプリンガ
19	20・5・16	〃			（呉）	復員輸送艦、捕鯨母船。22・11・20・英国へ引き渡し（浦賀で解体）
20	20・4・23	〃	20・9・15	座礁	澎湖列島	
21	20・7・15	〃		飛行機	（愛媛、神和村）	中破

昭和十九年に入り、敵の反攻態勢はますます激しさと速度を増してきた。そして低速の輸送船による輸送は、まったく期待できなくなってきた。そこで前進基地としては、揚搭能力

にすぐれ、速力の出る輸送艦の出現を、一日千秋の想いで待ちこがれていた。

このような戦局にかんがみ、呉工廠では、戦艦「大和」を生んだ大ドックに、二隻ずつ並べて同時着工し、突貫工事で完成を急いでいた。

こうして昭和十九年六月から十一月までの半年間に、一等輸送艦（二千トン）八隻が竣工した。そして輸第三号、五号、七号、九号、一〇号、一一号、一二号の七隻が、台湾および比島の南方海域で輸送任務についた。敵航空機、潜水艦が暴れまわっている海域において、苛酷な輸送任務を課されたので、この七隻の中の六隻は、竣工後わずか一、二ヵ月の間につぎつぎに撃沈されてしまった。

ところが、輸第九号艦だけは、征けば二度と帰れぬといわれた、決戦場レイテ島に輸送する多号作戦に、前後六回も参加したが、いつも不死鳥のように帰ってきた。しかも、二次輸送では、輸送完了後、セブ島リロアンまで出向き、第三十五軍司令部（司令官・鈴木宗作中将）を乗せ、死の淵オルモックに再度入泊した。

この二度の大役を果たしてホッとしていた輸第九号艦に、さらに思いがけない難役が振りかかってきた。

僚艦・輸第一三一号は、マニラに引き返す途中、空襲により航行不能に陥っていた。輸送部隊指揮官・木村昌福少将は、この救難艦に輸第九号艦を指定してきた。こうして輸第九号艦は、敵の空襲圏内を、曳航して低速航行することになったが、この難役もみごとに成功させた。

また第七次輸送では、駆逐艦「竹」は、雷撃により敵駆逐艦一隻を轟沈させ、砲撃により敵駆逐艦に命中弾をあたえ、銃撃により敵魚雷艇二隻を轟沈させる殊勲を立てていた。しかし、「竹」自身も敵の砲撃により船体は大傾斜し、片舷航行（推進軸二本のうち一本しか使えない）の状態となった。また浄化器（海水を真水にかえる機械）が故障して、缶水不足となった。

そこで輸第九号艦は、敵前において身の危険もかえりみず、「竹」を横づけさせて缶水を補給してやった。マニラへの帰途、敵の空襲圏内で、「竹」にさらにもう一回、缶水を分けてやった。

またマニラに、機雷敷設艦が在泊していないので、機雷敷設のできない期間があった。このとき、輸第九号艦は、後甲板および艦尾の傾斜を利用して、敷設艦の代役を勤めるよう研究することになった。

輸第九号艦が、このような悪条件下で、あらゆる難問題を克服して、八面六臂《はちめんろっぴ》の活躍をしていたのは、揚搭能力にすぐれ、特殊な艦型だったことも、確かに一因ではある。

しかし、それにも増して大きな原因は、艦長赤木毅少佐が東京高等商船学校出身で、操艦はもとより荷役作業をふくむ海上作業全般に、豊かな知識と経験を持っていたからだと思われる。

十九年十二月十八日、輸第九号艦は、南西方面艦隊司令長官・大川内伝七中将より、また陸軍比島方面最高指揮官・山下奉文大将より、それぞれ軍艦表彰を受けた。さらに山下最高指揮官は、赤木毅艦長に恩賞の軍刀を授与した。また十二月二十日には、サンフェルナンド作戦輸送に従事した。

二十年の正月、輪第九号艦はマニラに停泊し、後甲板に機雷敷設用のレール工事をはじめていた。ところが、五日夕刻、港務部信号所から発光信号があった。

「在泊艦船に告ぐ。全作戦を中止し、全力を挙げて強行、マニラ湾を脱出されたし」

くわしい情報はないが、最悪の事態になってきたに相違ない。マニラ西方海面には、敵の艦隊もしくは船団が行動中と予想される。各艦船は、それぞれの責任において行く先を決めることになった。

九号艦は、艦長と航海長との話し合いで、ホンコンに向かうことになり、針路を西にとった。今夜会敵しなければ、一応、危険区域を離脱できると、速力をあげた。ホンコンからは、敵潜水艦の攻撃を回避するため、沿岸航路をとり、三亜《さんあ》（海南島）を経由して佐世保に帰着した。

二月二十一日、横須賀に回航し、その後は八丈島、父島方面の輸送に従事していた。その間、横須賀鎮守府司令長官・戸塚道太郎中将より、二回にわたって軍艦賞詞を受けた。八月には特攻兵器・海龍を佐伯へ運び、呉に入港しているときに終戦となった。

内地に帰ったところで、新艦長には小松孝中佐が、また、新航海長には厚海栄太郎大尉が着任した。首脳部は交代しても、九号艦は赤木艦長時代の伝統を受け継ぎ、従来にまさるとも劣らない業績を残した。

山下奉文大将と大川内伝七中将より軍艦表彰を受けた第9号輸送艦艦長・赤木毅少佐。

＊

多号作戦の第五次輸送で、航海長袴田徳男大尉は空襲により戦死し、後任に佐々木幸康大尉が着任していた。佐々木大尉は「沖波」航海長だったが、乗艦沈没で待機中のところ、マニラ司令部の勧告によって、臨時航海長を勤めることになった。

佐々木航海長の見た、赤木艦長の人となりはこうだった。やせ柄の温厚な方で、部下を叱ったのを見たことがない。荒い言葉も使わない艦長が、死のオルモック輸送を何回も成功させた秘密はなにかと、最初は不思議でならなかった。セブに入港したあわただしい時間の中で、乗員の表彰式が行なわれたが、艦長は平生から、部下をよく観察し、それが部下から信頼されることになっている。ここが本艦の強みだと思った。

赤木艦長の戦いぶりは、チョッと違っていた。

これまでの「卯月」「沖波」では、敵機を見つけては、こちらから打ちかけていた。ところが、赤木艦長は、敵機が向かってこなければ、こちらから打ちかけることはなかった。最初の間は、これでいいのだろうかと案じていた。他艦はやられても、本艦はやられないことが何回かあったので、赤木艦長の戦いぶりでよいと思うようになった。

九号艦が最後まで生き残った秘密の一つは、ここらあたりにあるでしょう、とのことだった。航海士飯田博通中尉も、ほぼ同様な意見だった。

高角砲砲員だった太田寿さんは、赤木艦長についてつぎのように語った。

第五次オルモック輸送で、敵艦載機が近接中との情報があったので、島影に仮泊した。砲術長丸山保美大尉指揮の下で警戒配備についていたところ、敵艦載機五十機あまりが急降下で襲いかかってきた。

内務長向野徳右衛門中尉の指揮で、捨錨出港することになった。稲垣、岩崎の両機関兵と太田寿の三名がこの作業に当たった。爆弾は至近弾となって水柱が上がり、その水柱はどしゃ降りの雨となってふりそそぐ。機銃弾は耳元をかすめるし、あわてているので錨の継ぎ金具がなかなかはずれない。

向野内務長の、「捨錨完了」の報告を受けて、艦長は悠然と、「両舷前進微速」と号令した。号令も態度も、平生とまったく変わらないので、赤木艦長はとても肝っ魂《たま》のすわった人だと思った。

二十年一月、九号艦は佐世保へ帰港した。太田寿兵長は、同郷の手嶋兵長の遺骨と遺品をとどけるよう命じられたが、この旅行の途中、発熱して起き上がれなくなった。急性肋膜で、一ヵ月ほど家庭療養をすることになり、艦側には役場の兵事係を通じてその旨を連絡した。

ようやく回復して、横須賀に停泊している九号艦に帰艦しようと、逸見桟橋で便船を待っ

ていたとき、そこへ偶然にも、赤木艦長がやってきて、
「太田、病気はよくなったか。艦に乗っても、無理するなよ」と言われた。赤木艦長が、若年兵の自分の名前を覚えていて下さったのかと、感激した。そして、このような艦長の下で働く自分は、仕合わせだと思った。

一等輸送艦第九号は、戦後、引き揚げ輸送に従事していたが、大洋漁業に貸与され、捕鯨母船として活躍した期間もあった。

昭和二十二年、賠償艦として米国に引き渡したところ、米国はこれを売却した。そして昭和二十三年六月から九月にかけて、石川島第二工場で解体された。

こうして輸送艦第九号は、わずか四年の短い歳月ではあったが、栄誉に輝き波瀾に富んだ一生に、ようやく幕を閉じたわけである。

「『雪風』が駆逐艦の代表ならば、第九号艦は輸送艦の代表である」

との筆者の言葉は、決して言いすぎでないことを、読者諸賢はご理解いただけたと思う。そして私たち日本人は、「雪風」と輸送艦第九号の活躍に対して、感謝をこめて誇りに思いつづけたいものである。

豪胆かつ緻密な赤木毅艦長について思い出を語る第9号輸送艦高角砲砲員の太田寿氏。

4 セブ甲標的隊の気概

アメリカがレイテ島に敵前上陸を敢行し、フィリピン反攻をはじめたころ、日米両軍の間における戦力格差は、精神力でカバーできる範囲をはるかに上回っていた。空に陸に海に、押されっ放しのフィリピン戦線において、わずかに気をはいたのは、セブ島配備の甲標的隊（特殊潜航艇の部隊）だった。

もちろん、退勢を挽回したわけではないが、怒濤のように押し寄せてくる敵部隊の真っただ中に突っ込み、敢然と戦さを挑んで、被害を上回る戦果を挙げたことは、特筆大書すべきことである。部隊編制および戦果は、つぎのとおりである。

第三十三特別根拠地隊司令部（編制＝19・8・5。本隊所在地＝セブ）

司令官・少将原田覚、先任参謀・中佐志柿謙吉、通信参謀・少佐斉藤明、機関参謀・大尉林正、軍医長・医少佐久保正、主計長・主大尉岡田貞寛

つぎは甲標的搭乗員名である。

六九号＝艇長・分隊長島良光大尉、第一艇付・川上鉄男上曹、第二艇付・島山千二上機曹

七六号＝艇長・水雷長柴田清中尉、第一艇付・福田行治二曹、第二艇付・中武厳一機曹

七八号＝艇長・分隊士丸山五郎兵曹長、第一艇付・安藤正治一曹、第二艇付・福田十郎上機曹

七九号＝艇長・市川博大尉、第一艇付・畑孝太郎一曹、第二艇付・江口光男機長
八一号＝艇長・水雷士笹川勉大尉、第一艇付・吉広元美上曹、第二艇付・瀬川勉一機曹
八二号＝艇長・甲板士官水野相正兵曹長、第一艇付・村上信一一曹、第二艇付・島豊二機曹
八三号＝艇長・分隊士柏木公弥兵曹長、第一艇付・都築寿美雄上曹、太田喜美雄機曹
八四号＝艇長・分隊士松田作一兵曹長、第一艇付・平松治上曹、第二艇付・吉川末雄一機曹
予備＝艇長・前重訓三上曹、第一艇付・笹井忠治上曹、第二艇付・山本文夫二機曹

つぎに揚げるのはセブ甲標的隊の戦果および被害の概要である。

年月日	標的	記事
19・12・8	81号	オルモック湾に停泊中の駆逐艦1隻撃沈
19・12・	83号	港内にて座礁廃棄
19・12・18	76号	シキホール島付近、輸送船2隻撃沈
20・1・3	84号	輸送船2隻衝突撃沈す
20・1・5	69号	ミンダナオ海、駆逐艦1隻、艦種不詳1隻撃沈
20・1・5	81号	ミンダナオ海、中型輸送船2隻撃沈
20・1・5	82号	ミンダナオ海、大型巡洋艦1隻撃沈と推定されるが未帰還
20・1・25	76号	大型輸送船2隻撃沈
20・1・25	81号	水上機母艦1隻撃沈
20・1・25	84号	大型輸送船1隻撃沈

20・1・末	76号	使用不能にて廃棄
20・2・13	69号	ミンダナオ海にて大型駆逐艦1隻撃沈
20・2・21	84号	ミンダナオ海にて大型巡洋艦1隻撃沈（2発命中）
20・2・下	79号	第35軍参謀二名セブよりミンダナオ島カガヤンまで便乗
20・3・17	79号	ミンダナオ海にて大型輸送船2隻撃沈
20・3・21	84号	ミンダナオ海にて大型輸送船1隻撃沈
20・3・23	78号	ミンダナオ海にて輸送船1隻撃沈
20・3・26	81号	タコポンより第35軍司令官鈴木宗作中将便乗、セブ入港。艦長・笹川勉大尉は、沈着果断に敵の重囲をかいくぐり、この至難な任務を完遂した
戦果計	輸送船13、駆逐艦4、巡洋艦2、水上機母艦1、不詳1、計21隻	

この相つぐ輝かしい殊勲（中菲島部隊配属甲標的隊、南菲島部隊配属ズマゲテ進出中の甲標的隊、第三十二特別根拠地隊スリガオ派遣隊、第三十三特別根拠地隊ズマゲテ基地派遣隊）に対しては大川内伝七南西方面艦隊司令長官から昭和二十年三月十九日付で賞状が授与された。

「右は中菲部隊指揮官の下各隊の協力により、自昭和二十年一月三日至同年三月十七日、ミンダナオ海西口海面において累次にわたり厳重警戒航海中の敵船団を捕捉し、沈着果敢肉薄攻撃を敢行し、巡洋艦二隻、水上機母艦一隻、駆逐艦三隻、輸送船十一隻、艦種不詳一隻、計十八隻撃沈の大戦果をおさめ、もって敵の心胆を奪い全軍の士気を振作すると共に比島方面全般作戦に寄与するところ多大にしてその武功抜群なり。よってここに賞状を授与す」

八二号艇は、僚艇とともにミンダナオ海に出撃し、敵大型巡洋艦を撃沈したが、敵側の反撃のためついに帰艦しなかった。その殊勲は後日、豊田副武連合艦隊司令長官から昭和二十年五月二十五日、全軍に布告された。
「甲標的特別攻撃隊員として昭和二十年一月五日、ミンダナオ海西口海面において厳重警戒航行中の敵船団を捕捉するやこれを奇襲、果敢なる肉薄攻撃を決行し、敵巡洋艦一隻を撃沈するの戦果をおさめ、壮烈なる戦死をとげたり。よってここにその殊勲を認め全軍に布告す」

第33根拠地隊の原田覚司令官。甲標的育ての親として実施部隊から絶対の信頼を受けた。

これらの大きな戦果を挙げた理由として、つぎのようなことが考えられる。この作戦を指揮した原田覚少将は、もとの「千代田」艦長で、甲標的育ての親だったから、またとない指揮官だった。また行動海面が内海で、観測基地、補給基地、前進基地などが有機的に活動できたこともある。

しかし、ここで忘れてはならないのは、輸送艦の役割である。最盛期には、甲標的八隻がセブで作戦行動していたが、いずれも輸送艦がセブ付近まで運搬していた。その一例として、笹川勉中尉（のち大尉）のフィリピン進出を振り返ってみよう。

笹川中尉が隊長となり、甲標的四隻を率い、フィリピンに向け出撃するよう命じられたのは、昭和十九年十月上旬だった。

十月十一日、輸一〇号艦（艦長清水少佐）に甲標的八一号艇と八二号艇を、輸九号艦（艦長赤木毅少佐）には八三号艇と八四号艇を積載し、呉を出港して瀬戸内海、関門海峡を通り佐世保に入港した。同地で最後の補給を行ない、十月十五日、出撃し、マニラ経由でダバオをめざした。この間、敵がレイテ島に上陸したので、目的地は急遽、セブに変更された。

笹川中尉は、セブ（第三十三）根拠地隊司令部を訪ね、甲標的四隻がぶじ到着した旨を申告した。原田覚司令官は、ことのほか喜ばれ、「娘があれば、君の嫁にやるがなあ」と言われた。戦局極度に逼迫しているのに、豪胆な司令官だなあとの、初印象を受けた。しかし、司令官の作戦指揮は、きわめて細心緻密だった。

十月二十六日は早朝から、日米両国海軍が、レイテ海域において国運を賭けて激突することになった。そこで上級司令部からは、甲標的もこの作戦に呼応するようにと、攻撃の内示があった。

原田司令官は、六ノットの強い潮流のあるスリガオ海峡を北上すると、電池の消耗が激しくて、その後の対敵行動はできないからと上申して、甲標的隊の出撃は時機を待つことになったと、笹川中尉は、後日、聞いた。

原田司令官は、甲標的の性能を十分知っておられ、性能を上回る命令はなかった。だから、実施部隊としては、司令部を信頼し、作戦行動に打ち込めば、それでよかったと、笹川勉中尉は、当時を回想しながら語った。

しかし、この輝かしい戦果を挙げたセブ甲標的隊にも、ついに終焉の日がやってきた。セブ基地が陸上から攻撃を受けるような情勢になってきたからだ。そこで隊長島良光大尉は、愛艇をみずからの手で処分し、隊員は陸戦要員になることに決意した。六九号、七八号、七九号、それに八一号の四隻をセブ港で自沈させ、八四号艇にはセブ島を脱出してズマゲテの前進基地へ回航するよう命じた。

昭和六十年三月七、八日、第九号および第一〇号輸送艦の合同戦友会が、広島市でひらかれた。戦時中、一〇号艦の若年兵として乗り組んでいた平石重邦さんは、戦友十三名とともに、江田島の海上自衛隊第一術科学校（旧海軍兵学校）を訪ね、教育参考館の特別室で特別攻撃隊員（甲標的）の名簿につぎの芳名を発見した。

八二号艇＝海軍兵曹長水野相正、海軍一等兵曹村上信一、海軍二等機関兵曹島豊。

このお方たちは、一〇号艦がセブまで運んだ。

昭和19年10月、甲標的４隻を率いて、呉からフィリピンに向けて出港した笹川勉中尉。

半月ばかり同じ釜の飯を食べていたし、また島兵曹とは言葉を交わしたことなどを思い浮かべ、万感胸に迫るものがあった。静かに、ご冥福を祈った。そして、佐世保を出撃した当時のことを回想した。

佐世保を出てからは、毎日毎日厳しい見張り当直がつづいた。

「対潜警戒を厳重にせよ」

「魚雷一発くらうと、本艦は轟沈だぞ」

「甲標的を目的地まで運べば、甲標的が敵をやっつけてくれる。目的地に着くまで、本艦は絶対に沈んではならん」

見張長と下士官が、代わる替わるこんな言葉で激励していた。

この平石重邦さんの言葉から、「おれたち輸送艦乗りは、甲標的が戦果を挙げるための、縁の下の力持ちになるんだ」という、輸送艦乗員の心意気がうかがえる。

5　二人の青年将校

福井静夫少佐が輸送艦の「生みの親」ならば、二等輸送艦の「育ての親」は吉松吉彦大尉と前川信一大尉である。期友《クラスメート》の二人は公私ともに協力して、二等輸送艦の戦力化につとめた。

昭和十九年二月、第一〇一号輸送艦艦長、吉松吉彦大尉に向かって、呉鎮守府人事部長石渡博中佐はつぎのように語った。

「日本海軍は戦局打開のために、まったく新しい構想で、敵前で強行揚陸をする輸送艦を、急速建造することになった。百隻ばかり造って、南方の全戦域に配備するが、君が最初の艦長だ。艦の使用法等について、日本海軍のだれにたずねても、答えられる者はいない。君がそれを考え出してくれ、それがこの艦の〝戦闘教範〟になる」

敵前で強行上陸をする要領は、こうである。

艦は距岸適当のところで、鋼索《ワイヤ》二百メートルをつないだ後部錨を投下し、海岸に向けて全速で突っ走る。海岸にわざと擱座し、艦首の門扉をひらいて人員器材の揚陸を開始する。揚陸開始と同時に、バラストタンクを急速排水して艦に浮力をあたえておき、揚陸完了とともに、後部錨のワイヤを巻きはじめ、後進全速で戦場を離脱する計画である。

昭和60年３月、第９、10号輸送艦の合同戦友会に参加した10号艦乗組員の平石重邦氏。

後部錨を打つのが早すぎると、艦は敵前で立ち往生して、集中砲火を受けることになる。岩礁に艦体をぶっつけると、推進器《プロペラー》の翼をぶっ飛ばして動けなくなってしまう。そこで電動測深儀だけは、身分不相応に、当時としては超一流の物を装備していた。

南方出撃をひかえて、第一〇一号艦は、広島県江田島最北端の無名海岸で、擱座、揚陸、離岸の訓練をくりかえしていた。ある日、似島方向から流れてきた手漕ぎボート一隻を拾得した。さっそく、櫂二本を備えて、交通艇として、また釣舟として活用した。当直士官にとどけると、乗員はだれでも自由に、このボートを利用できることにした。

ある日、運用長指揮の下に、円筒形の重量物が持ちこまれた。五右衛門風呂が工場の隅に捨ててあったので、もらってきたとのことだった。修理して上甲板に据えつけ、入浴内規もつくった。〝戦湯《せんとう》一〇一輪〟ですねえ、ひねった洒落《しゃれ》で乗員を笑わせる者もいた。艦に簡単なシャワーは設備してあったが、やはり日本人には風呂が性に合っていた。

それにしても、米潜がひそむ海上で、上甲板の鉄砲風呂がのどかに煙をたなびかせ、頭にタオルを乗せ、鼻歌まじりで入浴しているのを見ては、これがまことの戦場かと、米兵も自分の目を疑ったことだろう。米潜も命がけだから、後甲板の円筒形を見ては、どの種の新兵器だろうかと、首をかしげたに違いない。

吉松艦長は、物心ついた年ごろには、釣竿かついで大分川の川口をほっつき歩いていたという。駆逐艦「波風」で北洋警備をしていた折りには、占守島片岡湾で、鱈やおひょう釣りをしていた。

南方進出に当たっても、呉の釣具店で、充分な仕入れをすませていた。南海を航海中、艦長みずから折りを見て、艦尾から仕掛けを投入した。疑似針によるカジキマグロのトローリングである。相手は、ヘミングウェイの名作『老人と海』の主人公をめざした。

カジキの上あごにある剣は、欅《けやき》板で造った漁船の舵でも突き通すといわれているが、引き揚げられるときには猛烈に抵抗する。カジキが喰いつくと、引き綱がしぶきを立ててピーンと張ってくる。百メートル後方では、長さ三メートルもあるカジキの巨体が、海面上を右に左に跳ね回る。手空きの者が総がかりで、エンヤエンヤと綱をたぐり寄せる。

その晩は、さしみ、照り焼、握り寿し、包丁自慢の郷土料理まで飛び出して、なんでも食い放題だった。他艦では見られない、入浴とか鮪《まぐろ》の食い放題があっては、乗員の士気も大いに上がろうというもの。

第一〇一号艦が、輸送船三隻を護衛してマニラからザンボアンガ（ミンダナオ島）に向けて航海中、

「右前方、リーフ（珊瑚礁）、近い！」

と、見張員からけたたましい報告があった。ここらあたりにリーフはないはずだと双眼鏡を向けてみると、なるほど白波が立っている。それは、同じ方向に走っている米潜の航跡である、距離はわずかに千五百メートル。

ラッパもパイプも鳴らさず、音を立てないようにと肩を叩き合って、全員を戦闘配置につけた。掌砲長は、目標が見えないという。吉松艦長は、

「白波の先端を狙え」

と命令して、八センチ砲を一発ドカーンとぶっ放した。発砲の閃光《せんこう》で、戦果のほどは確認

できなかったが、白波は消えていたから、米潜はあわてて潜航したらしい。少なくとも、米潜乗員の肝をつぶす効果はあった。

吉松艦長は、当時の状況について、戦後、筆者につぎのように語った。

「当時は輸送船を三隻も護衛していたし、米潜は当然、こちらの推進器音をキャッチしているはずである。そんなときに、米潜が浮上して至近距離で同行するとは、常識的にはとても考えられない。その考えられないことが、実際には起きた。戦後、潜航中の米潜が浮上するとき、日章丸に衝突してマスコミに採り上げられ、世間を騒がしたことがあった。あの事件の、戦時版だった」

マッカーサー麾下の占領部隊が、比島レイテ島に上陸するや、日本海軍は捷一号作戦を発動して、退勢を一気に挽回する一大海戦を企図した。世にいう比島沖海戦だが、この表舞台の活劇に目を奪われ、レイテ島守備隊を増強するための決死輸送、すなわち「多号作戦」を知る人は少ない。

多号作戦は、在比島の陸海軍が協同して、周辺に散在する陸軍部隊をレイテ島に送りこむ目的で実施されたが、結果的には悲惨を絵に描いたような作戦になった。ちなみに、多号作戦に参加した海軍艦艇（軽巡、駆逐艦、海防艦、掃海艇）は三十五隻中の二十数隻が、輸送艦、輸送船は十八隻のうち十二隻が撃沈された。

思い起こすと、米軍から「東京急行」と揶揄《やゆ》されていた当時のガダルカナル島輸送は、もちろん決死輸送だったが、ときには米軍に「なぐり込み」をかけたり、輸送を終わってから米軍と互角に渡り合うなど、まだ海軍全般に一種の余裕みたいなものが感じられた。しかし、多号作戦当時は、米軍の進攻威力は多面にわたって強大となり、彼我の戦力格差は精神力でおぎなえる範囲をはるかに超えてしまった。とくに母艦航空機の大兵力使用により、小艦艇まで狙い打ちされるようになった。

多号作戦で第一〇一号艦は、第一次輸送として、カガヤン（ミンダナオ島北岸）からオルモック（レイテ島西岸）まで、陸軍一個大隊を運んで成功させた。さらに第二次輸送として、ダグビラン（ボホール島）からオルモックまで陸兵を輸送することになった。

夜航海に備えて、マクタン島のマゼラン湾に隠蔽《いんぺい》接岸中、来襲した敵艦載機と交戦し、左記の戦闘概報をマニラ海軍司令部に打電した。

「一〇四〇（午前十時四十分）、敵十数機と交戦、二機撃墜、損害戦死五、重傷艦長・航海長・軍医長以下十三名、軽傷二十名。陸兵被害なし、航行不能、山下兵曹長指揮を執り、レイテに向かう」

司令部は、戦闘行動不能と判断したらしく、

「陸兵をセブに揚げ、マニラに帰れ」

の指令を発した。

この指令をうけた吉松艦長は、身に重傷を負いながらも、戦況を考えて状況判断をした。

「レイテは増援隊を待っている」

「このままマニラに向かっても、ぶじに帰投できる保証はない」

「武人が敵前で進退きわまったとき、敵の方に進んでおけば、間違いないだろう」

士官全員を士官室に集め、レイテに行くと艦長の所信を表明した。だれも反対しなかったので、艦橋にかつぎ上げてもらって、出港準備に取りかかった。

司令部の命令を無視したが、イギリスのネルソンの行動に一脈相通ずるところがある。


夜航海中、敵の魚雷艇が待ちかまえている海面を通過するとき、機銃の射手に向かって、

「白波を見たら、独断で射て」

と指令した。厳密にいえば、当時の射撃軍規違反だが、艦をまもるためやむを得なかった。

陸兵を計画どおりオルモックに上陸させたところで、ふたたび敵機の来襲を受け、輸一〇一号艦は桟橋に横づけしたまま、尻もちをつくような格好で擱座した。乗員は、輸一三一号艦および駆逐艦「初霜」を乗り継いでマニラに帰着した。

「初霜」では、同期《クラス》の向谷光弘大尉が、

「吉松、貴様は誉められているぞ」

と言って、一通の電報を見せてくれた。

『第一〇一号輸送艦が、艦長、航海長ほか、多数の死傷者を出せるにかかわらず、敵の猛爆撃下断乎として作戦輸送に従事し、これに成功したるは、賞賛に値す。今後ますます奮励もって聖旨にそい奉らむことを期すべし』

先年、筆者は、三重県桑名郡の期友・加藤舜孝宅を訪ね、舜孝の四十年祭および母堂よね様の米寿の祝いに参加した。その帰途、福井市近郊の期友、阪下光良、牧野嘉末の墓参をした。海軍で参戦していた小林侶章さんが、マイカーで案内して下さった。小林さんは、筆者の質問にこたえて、海軍の特質についてつぎのように語った。

「平時の海軍は、規則正しい素晴らしい団体でした。いざ開戦となると、意外性に乏しかったように思います。生意気に聞こえるかも分かりませんが。とにかく、海軍士官の判断行動は、平準化されすぎていました」

意外性に欠けていたとは、日本海軍の弱点を評し得て妙である。

海軍士官の登龍門、海軍兵学校に入校すると、まず、

スマートで目先がきいて
几帳面　負けじ魂これぞ船乗り

の短歌を示して、生徒にスマートを強調していた。スマートを強調されるのあまり、生徒が野性味を失い、いわゆる「角を矯《た》めて牛を殺す」ことが、あったかも分からない。

そう言えば、呉鎮人事部長・石渡博中佐は、吉松大尉が兵学校生徒のときの教官である。

身に重傷を負いながら、増援隊を待つレイテに向かった第101号艦艦長・吉松吉彦大尉。

「吉松なら、旧習にとらわれずに、思い切ってやるだろう」

と、二等輸送艦の第一号艦である、第一〇一号艦艦長人選に、一役買われたわけだろう。名伯楽の目に狂いはなかった。吉松大尉は、海軍士官の枠を踏みはずすぎりぎりの線まで、意外性を発揮した。手漕ぎボートを拾い上げたり、人目を引く上甲板に風呂釜を据えつけたり、果ては航海中にカジキマグロのトローリングまでやった。

射撃は、目標を確認してはじめることになっているが、それを無視して、白線の先端を狙わせて八センチ砲弾をぶっ放した。機銃員が魚雷艇らしいものを発見した場合、まずその旨を艦橋にとどけなければならない。艦長はこの報告を受け、敵魚雷艇かどうかを確かめてから、

「右二十度、魚雷艇、打ち方はじめ」

と号令をかける。この号令に応じて、機銃員は狙いを定める。

射撃規程では、そのように定めてある。そんなことをしていたら、その間にこちらが沈められてしまう。吉松艦長は、規程を守って艦を沈めるか、規程を破って艦を守るかの岐路に立たされた。吉松艦長は、後者をとった。

一見、でたらめなことをしているようだが、その代わり戦闘場面では、司令部からの「マニラに帰れ」の電令を無視して、レイテ島に決死輸送を敢行した。そして比島部隊指揮官三川軍一中将は、自分の電令に背いた吉松大尉に賞詞をあたえ、その旨を全軍に布告した。

吉松大尉は、小林さんが待望する、意外性を持った数少ない海軍士官の一人である。残念

ながら先ごろの大戦では、下級指揮官にすぎなかった。もし天が彼に時をあたえ、一軍の将になっていたならば、太平洋狭しと暴れ回ったハルゼー提督と四つに組んで、丁々発止の戦さをしたことだろう。

アメリカ海軍士官候補生読本になっている『リーダーシップ』という本には、リーダーシップをつぎのように定義している。

「一人の人間がほかの人間の心からの服従、尊敬、忠実な協力を得るようなやり方で、人間の思考、計画、行為を指揮でき、かつそのような特権をもてるようになる技術《アート》、科学《サイエンス》ないし天分」であると。

日本でも、ほぼ同様なことが言えるだろう。しかし、薬の効能書のように要素をならべ立てられても、凡人にはチョッと理解しにくい。そこで吉松大尉は、彼の戦時、平時の体験を通じて、海軍士官の理想像として、「教養ある海賊」と言っている。

教養とは、高度な学問、知識、技能などに支えられた人格である。しかし、教養は、必要条件ではあるが、十分条件ではない。

海軍士官の舞台は海だから、戦時、平時を問わず、自分自身はもとより部下をふくめて、生命がけの仕事である。だから海を知り、危険と困難に向かって果敢に突きすすむ勇気が求められる。ときには猪突猛進もよかろうし、つねに海での野性味が必要である。海軍士官は、教養ある書斎人であってはならないし、野性のかたまりであっては、なおさら困る。

吉松艦長は結論として、教養と野性味という、まったく相反する徳性の融合体に、海軍士官の理想像を見つけたわけである。

吉松艦長は、この多号作戦で受けた爆弾の破片が、戦後も体内にそのまま残っている。子供たちが幼いころ、父親の背中に浮き上がってくる粟粒大の黒いものをさがしては、磁石でためして「アッ、ほんとだ」と叫んでいた。

吉松艦長は子供たちに、かねてからつぎのように言い聞かせている。

「お父さんの体の中には、もっと大きいのが幾つか残っているよ。私を焼いた跡からそれらの鉄片をさがして、つぎのように言って、ロッキード社に高く買い取ってもらいなさい。

〝亡父は、貴社からお預かりしていたこの物を、これまで大切に保管していました。このたび、不要になりましたので、お返し致します〟」

剛毅でもあるし、奇知に富んだ話でもある。

＊

この一年間、「輸送艦」に関する取材のため、筆者は何回となく福井静夫少佐宅を訪ねた。福井少佐はそのつど、懐かしそうにつぎのように言われた。

「前川信一大尉に吉松吉彦大尉。二等輸送艦の実用実験では、このお二人といっしょに、江田島周辺で、ずいぶんと苦労をともにしました。二人とも、素晴らしい青年将校でした」

戦局日増しに悪化してゆく折柄、二等輸送艦という新しい艦種を、一日も早く戦力化しようと、心を一つにして協力し合った仲とのことだった。

四十年も昔のことなのに、後輩に当たる二人の姓名《フルネーム》を、いまなお覚えておられるのは、福井先輩のお人柄でもあり、男が男に惚れるとは、こんなことを言うのだろうと思った。

また、今回の取材を通じて、植原一樹氏（第一九号輸送艦航海長）が、前川大尉と神戸二中で同級生だったというのも奇縁である。植原氏の前川大尉に対する寸評は、こうだった。

「やさ型の美青年だった。清潔で几帳面、女性的に見えるが、自己妥協を許さない、芯《しん》の強い男でした」

前川大尉は、「磯風」水雷長として敵機と交戦中、爆弾が乗艦に命中した衝撃で大腿骨折をした。このため、松葉杖をついて歩いていた時機があった。

佐世保水交社（海軍士官のクラブ）で、たまたま宿泊部屋が隣りだったことから、織田五《い》二七《ふな》軍医大尉と知り合った。織田大尉は、その著『海の戦士の物語』の中で、前川大尉についてつぎのように書いている。

新しい艦種の二等輸送艦を早く戦力化しようと、おしみない協力をした前川信一大尉。

『――前川大尉が大腿骨折で海軍病院に入院中、治療に当たっていたのが、私（織田）の友人の古賀軍医大尉だった。夜ともなると、この三人が一団となって、万松楼まで飲みに出かけた。

この料亭は、海軍士官が「山《やま》」と呼んでいたが、小高い岡の上にあった。

「山」へ登る坂道では、一人が前川大尉と肩を組み、他の一人は彼の松葉杖を持って登った。前川大尉は、間もなく横須賀海兵団に赴任し、さらに輸送艦艦長に転勤した。艦あてに、佐世保の事情などを書いて葉書を出したが、やがてその葉書は返送されてきた。

前川大尉は、そのときすでに戦死していた。

前川大尉は、華も実もある、素晴らしい若武者だった』

兵学校六十八期、期会《クラスかい》が作成した「遺稿集」の中から、関係のある一部を抜粋する。前川信一大尉の人となりを、偲ばれる縁《よすが》になれば幸いである。この書簡は、十九年三月ごろ、前川大尉が、亡き期友の真隅勝馬の御母堂様あてに発送したものである。

御懇篤なる御手紙を戴き、早速御返書差上ぐべき処、内地出撃前の事とて繁忙に追われ、今日迄遅延致し申訳御座いません。

御子息戦死に対する母上様の御覚悟、御愛情、誠に涙の中に読ませて戴きました。小生一月二十九日佐世保海軍病院を軽快退院致し、二月四日付で表記に転勤、最近来佐される由伺っておりましたのに残念でした。

病床にあっても「クラス」の者の合同葬儀ある毎に身のちぎられる思い、無理やり退院し、故友の仇に一撃を加えんと第一線に出して戴きました次第、御推察下さい。右下肢は稍不自由ですが、狭い艦内の事ゆえ、勤務には支障御座いませんから御放念下さい。

真隅と会いましたのは、たしか昨年の六月末と記憶しておりますが、確実ではありません。場所は「トラック」島の小松と言う料亭でした。丁度彼の潜水艦と私の駆逐艦望月も出撃前の宴会で部屋が隣り合わせ、久し振りの再会で「やあ」というわけで宴会もそっちのけで、膳をはさんで一献を交はし、あれやこれやとクラスの噂話やら、互に我々愛唱の、「泣くな歎くな必ず帰る　桐の小箱に錦着て、会いに来てくれ九段坂」（白頭山節）や「一つとせ広島県下の江田島は、明日の日本のバロメーター」（兵学校数え唄）を歌い、肩を組んで廊下を濶歩《かっぽ》した次第。之が最後とは……

然し日本海軍に入り大東亜聖戦の礎と散る男子の本懐之に過ぐるものはありません。真隅もさぞ微笑《ほほえ》んで我々の活躍を見ていてくれることでせう。

身はたとえ　南の海に沈むとも

七度生まれて　撃ちてしやまん

又再会の日が御座いませう。お気落しなく御自愛の程を。

乱筆多謝

第一四九号特別輸送艦

前川信一

真隅こと様

文面から、この書簡の背景を推察してみると、前川大尉としては、佐世保病院に入院中に、福岡県直方市にお住まいの真隅様に、佐世保までご足労願って、ご子息の最後のようすを話してあげたい、と念願していた。その念願を果たさないうちに退院し、新しい任務についたので、この書簡をしたためたわけだろう。

前川大尉は、南支那海方面作戦輸送に従事中、サイゴン港外サンジャック岬沖において、敵機動部隊艦載機と交戦し、乗艦沈没、戦死。二十年一月十二日、二十六歳。

＊

前川よ。貴様は負傷をおして、第一線勤務を要望した。そして吉松とともに、選ばれて二等輸送艦の戦力化要員になった。

貴様たちの努力のお陰で、第二次大戦中、二等輸送艦は四十九隻が就役し、それぞれ雄々しく戦った。

俺はさきごろから、何回か福井静夫造船少佐のお宅を訪ねた。そのたびに、貴様と吉松の思い出話をされた。

「男が男に惚れる」とは、こんなことだと思ったぞ。

前川よ、もって瞑《めい》すべしだ。安らかに眠れ。

6　引揚復員輸送の要員たち

二十年十月に復員輸送がはじめられることになり、まず輸送艦の乗員補充の手続きがとられた。石川県下に復員帰省していた通信士中杉正吉少尉にも、召集令状が舞いこんだ。混沌とした世相で、これから乗艦することが、自分にとってプラスになるのかマイナスになるのか、分からないまま、とにかく急いで艦に向かった。

第一九号輸送艦艦長柴田正大尉（現姓、奥野）は、笑顔で迎えてつぎのように言った。

「やあーご苦労さん。ところで中杉通信士、気持を落ち着けて、冷静に聞いてくれ。日本青年が、日本再建に尽くす道はいくつかある。引揚輸送の業務は、おれたち海軍生徒出身者が引き受ける。その代わり、前途有為な学徒出身の貴様たちは、いま一度大学で勉強しなおして、別の道で大いにはたらいてくれ」

そして艦長は、みずから手を差しのべて握手を求めた。中杉通信士は、柴田艦長の荒っぽい言葉の奥に、海の男の真心と友情があると感激したが、その感激は何十年たっても忘れられないという。

海軍艦艇に大勢の便乗者を迎えて、もっとも苦労するのが、甲板士官、医務科、それに主計科である。甲板士官は部屋割りと事故防止に、医務科は医務衛生と防疫に、そして主計科は炊き出しに苦労する。井上敏明・甲板士官は、柴田艦長の当時の引揚（復員）輸送に関する意見について、つぎのように語った。

「戦時中は国家非常事態だったから、学徒出身者の応援を受けても、やむをえなかった。しかし、曲がりなりにも戦争が終わった今日、引揚輸送という一種の奉仕作業は、できることなら、海軍生徒出身者だけで行ないたい。そして学徒出身者には、ほかの道で日本再建に働いてもらいたいと思っている」

このため一九号艦には、井上甲板士官のコレスが、いっしょに四名も勤務することになった。航海士・時永要および甲板士官・井上敏明は兵学校出身、機関長付・矢田一彦は機関学校出で、そして主計長・谷太三郎は経理学校出身だった。

海軍士官になる方法として、一般大学を卒業する方法もあった。また海軍士官を育てる専門学校として、広島県江田島に兵学校、京都府舞鶴市に機関学校、そして東京に経理学校があった。これらの三校に入校して海軍生徒になり、卒業後は海軍士官になった。同じ学校を同じ年に卒業した者を同期生《クラス》と呼び、同じ年に他の学校を卒業した者を同年兵《コレス》と称した。

海軍では、クラスはもとより、コレスとも仲よくするような躾《しつけ》教育を受けていた。一九号艦に乗り合わせた井上甲板士官たちは、弱冠二十歳と年齢も若く、海軍経験も浅かったが、コレス一同協力して職務遂行に励んでいた。そして、各科にまたがる問題でも、この四名が遠慮のない意見を述べて話し合えば、たいていのことは、上級者の指示を受けなくても、おおよその解決ができるようになってきた。

また井上甲板士官は、一九号艦の乗員には、文人墨客と風流人が多かったから、艦内の雰囲気はいつもよかったし、便乗者も明るい気分になっていた、と述懐した。

初代の先任将校・植原一樹大尉は、絵画も得意だったが、戦時中に艦歌をみずから作詞作曲し、乗員の意志統一に寄与した。柴田艦長は戦後、この艦歌を平和時代にふさわしい歌詞に替えた。矢田一彦・機関長付はみずから作詞もしていたが、なかなかの世話好きで、艦内新聞を一手に引き受けていた。鈴木末吉さん（現姓、砂金《いさご》）は、青鳥子の俳号をもつ文化人だったし、柴田艦長と丹羽機関長、それに谷主計長はともに尺八演奏の名人だった。

とくに谷主計長は器用人で、乗員の有志を集めてハーモニカ合奏団を編成し、演奏会でも大いに活躍していた。そして便乗者を加えて、オーケストラ楽団を結成しようじゃないかと、夢のような話ももち上がった。

引揚者のなかには、日本上陸を目前にして、日本は法律的にどう変わっているだろうかと、心配している者も多かった。谷主計長が法律にくわしいことから、臨時法律相談所を店開きして、便乗者からとても重宝がられていた。

昭和20年10月から引揚復員輸送が始められた。第19号輸送艦の乗員には風流人が多かったので艦内の雰囲気はいつもよかった。

乗員のなかには、日本でバリカン・剃刀を自分のお金で買い求め、便乗者に散髪の無料奉仕をする者もいた。これら乗員の奉仕は、便乗者の感謝の気持となって乗員にははね返ってきていた。

乗員が便乗者に尽くし

たばかりでなく、乗員が博多娘の心意気に励まされた一面もあった。一九号艦には、看護婦として芳紀まさに十九歳の博多娘が乗っていた。

彼女は愛国心が人一倍強く、若い情熱を燃やして、進んで乗艦していた。検疫官のみごとなアシスタントになるので、検疫官たちは抽選で一九号艦行きを決めていたとの神話もあるし、一ヵ月間に十三通の恋文をよこした者もあるとのことだった。

彼女が祖国のためにと、なりふりかまわず、防疫に溌剌とはたらいている姿は、万人の胸を打つものがあった。博多の岸壁に横づけしているとき、防疫監督官三名が、なんの前触れもなく突然やってきた。翌朝、そのうちの二名がトランプ遊びをしているところを、運悪く彼女に見つかった。義憤を感じた彼女は、情熱のおもむくままに、大声をあげてこの二名を叱りとばした。この二名は、その晩コソコソと退散したが、残った一人は、彼女についてつぎのように語った。

「彼女は防疫に、専門知識を持っているわけではありません。しかし、防疫の職務をあれだけこなしているのは、見上げたものです。ノコノコ出かけてきた私たちの方が、かえって教えられました」

それにしても、輸送艦でよかった。もし舞台が、「女は乗せない潜水艦」ならば、博多娘の心意気の佳話は生まれなかった。

二代目先任将校・細谷孝至は、当時を懐かしく思い出しながら、つぎのように語った。

「定員百八十名の小艦に、便乗者を八百名も乗せて輸送するわけですから、炊き出しに防疫に、たしかに苦労もありました。しかし、当時は多くの人たちが、他人への思いやりとか社会奉仕の観念を持っていました。ですから、苦しさの反面、結構楽しいこともありましたよ」

谷太三郎主計少尉は、昭和二十年九月、第一九号輸送艦主計長として着任した。少尉任官後、わずか半年後のことである。小艦なりとはいえ、一艦の主計長ともなれば、なかなかの大役である。しかし、谷主計長は、生来の真面目さと、乗員一同の協力もあって、ぶじ大任を果たしていた。

特別輸送艦（引揚船）の受入基地、横須賀、佐世保、博多などには、需品部またはその出先機関があって、乗員および便乗者の主食は準備してくれた。しかし、需品部でも、副食物までは手が回らなかった。野菜、果物類は、艦側で調達するわけだが、物資不足の日本内地では、思いどおりになかなか調達できなかった。

谷主計長は仁丹と副食物とを交換して引揚者に提供した。

コロ島、上海などを何回か往復している間に、中国人が日本の「仁丹」を、とても欲しがっていることが分かってきた。そこで内地に帰ってきては、仁丹を買い集め、行く先々で野菜、果物と物々交換して、引揚者に提供していた。敗戦で日本の国威は失墜したが、森下仁丹の商標はいささかも評価を下げていないことを、身をもって体験した。

百八十名定員の小艦に、便乗者八百名も乗艦させるので、備えつけの大釜だけでは炊き出しができなかった。そこで後甲板に陸戦釜（移動用の大釜を、海軍ではこのように称していた）を据えて、薪で炊飯をしていた。谷主計長としては、この薪集めに、いつも頭を悩ましていた。

グアムから浦賀に帰港したとき、谷主計長は投錨と同時に、薪交渉のため需品部に出かけた。主計長が接岸した本艦に帰艦したところ、後を追ってきたMPが、いきなり主計長をつかまえ、有無をいわさず浦賀警察署に連行した。主計長は、取り調べも受けずに留置所にぶちこまれたので、なすすべもなかった。

「占領軍の許可も受けずに上陸した」という理由でとらえられたわけだろうが、身の不運とあきらめて仮寝のやむなきにいたった。占領軍の威光の強かった当時のこと、艦長が運航部、警察と話をつけて、主計長が身柄を釈放されたのは、翌日午後のことだった。当時は、わずか数人の家庭生活でも買い出しに苦労していたから、千人の食事の世話となれば、並み大抵の苦労ではなかっただろう。

その谷主計長は、自分の苦労にはふれず、当時の思い出として、私（筆者）につぎのように語った。

「上海から博多へ復員輸送をしたとき、若い陸軍将校に引率された部隊が乗艦してきました。百名あまりの部隊でしたが、戦前と同様に軍紀厳正で、きびきびしていてたのもしいと思ったことは、何十年たっても忘れられません」

コロ島から博多へ引揚輸送をしたとき、引揚者の中からコレラ患者が発生した。乗員も引揚者も全員、艦内に缶詰となって、博多湾の能古島東方海面に隔離停泊させられた。毎晩、博多の灯をまぢかに眺めながら、八百名が狭い艦内に閉じこめられた。出るに出られぬ籠の鳥の生活は、一面退屈そのものでもあった。

そこで艦内新聞を通じて、近日中に艦内演芸会をひらくと発表した。乗員一同それまでは、便乗者に楽しい艦内生活を送ってもらおうと、心を合わせて協力していた。ところが、演芸会の発表があると、とたんによい意味での対抗意識が出てきて、「機関科に負けるな」「兵科をやっつけろ」という雰囲気となり、演芸会は開幕前から盛り上がってきた。

引揚者の中にも大勢の芸達者な人がいて、自選、他選の出演希望者が、つぎつぎに出演申し込みをしてきた。いよいよ演芸会をひらくと、平生はいかめしい柴田艦長と谷主計長が率先して尺八演奏をしたので、出演者にはずみがついて、ますます活気を呈した。

乗員と便乗者との心のつながりの証《あかし》として、二代目先任将校・細谷孝至の手もとには、男の子が書いた手紙がいまなお保管されている。差出人は、石川県江沼郡大聖寺町耳聞山八二高塚順了、と書いてあるが、健在なら年齢五十歳くらいだろうか。

7　輸送日誌(1)

不運にも外地に取り残されている戦友・同胞の還送に従事するよう、第一九号輸送艦は新たな任務を課されたが、乗員の中には復員を希望するものが相ついだ。柴田艦長は説得これつとめて、運航に必要な人員を確保し、二度と使うことはあるまいと思っていた船体、機関を、まずもって整備した。乗員は結局、終戦時とくらべると半数になった。

昭和二十年十月八日、パラオ島に向け、呉港を出港したときには、新たな任務の復員輸送も、ようやく緒についたと安堵した。旗竿に、軍艦旗に代えて日章旗を掲げたときには、敗戦の惨めさをあらためて感じさせられた。

しかし、考えてみると、わずか二ヵ月前、豊後水道を抜けての航海では、決死の覚悟をしていた。いまは対空見張りもおかず、対潜警戒もせずに、千七百マイル先のパラオ島まで、のんびりと航海している。これが平和の有難さかと、平和を改めてかみしめた。敗戦の惨めさと、平和の有難さと、悲喜こもごもいたるとの感懐だった。

パラオ島に到着したとき、そのような感傷はふっ飛んだ。そこには、栄養失調で痩せ衰え、この世の人とも思われない大勢の人たちが、救助の手を待ちわびていた。これらの人たちを、一日も早く内地に輸送しなければならないと、日本人の血が体内に躍動した。そして、新たな使命感に燃えた。

十月二十八日、浦賀帰着、収容人員三百九十八名（うち三名死亡）。十一月十日、浦賀を出港し、横浜を経由して、グアムに向かった。さらにトラック島をへて、十一月二十四日、浦賀に帰着した。収容人員五百九十九名。

二回の復員輸送で、思い出多いパラオ島、およびトラック島を回った柴田艦長は、万感胸に迫るものがあった。

パラオ島は、十七年三月から四月にかけ、南雲忠一中将麾下の機動部隊数十隻が、インド洋作戦に備えて待機した泊地だった。トラック島は、十七年後半における、連合艦隊が在泊した前進根拠地だった。数十本の軍艦旗がはためき、輸送船の出入りも数多く、威風堂々たるものがあった。いまや一本の軍艦旗もなく、傾いた船に傷ついた船が、無残な姿をさらしている。男の涙がほほを伝った。

十一月三十日、海軍省は廃止され、乗員は総員、予備役に編入された。

十二月一日、従来の海軍省の代わりに、第二復員省が設置された。

海軍としての官制は弱体化され、乗員の身分は低くなり、軍人としての特権は次第に剥奪《はくだつ》されていった。復員船乗員たちの待遇は、陸上にくらべて格段によいとも言えなかったし、インフレは昂進《こうしん》してゆく兆しを見せはじめていた。復員輸送業務は、いずれ先細りになっていくことは、自明の理屈である。ならば、いますぐ退艦して転職した方が、自分自身にとってはよいのではないかとの考えも、当然でてくる。

復員輸送の重要性を説き、日本人として同胞を助ける使命感を持てと強調しても、乗員に対して戦時中のような強制力はない。

戦後の食糧難の時期でも、農村地帯はまだ食糧に余裕があった。そこで農村出身の乗員の中には、退艦したいと申し出てくる者も少なくなかった。当時の乗員は、都会育ちよりも、農村出身者が多かった。一人でも二人でも復員を許すと、希望者が続出して、あげくの果てには艦の運航に支障をきたす恐れもあった。そこで復員したいとの申し出があれば、極力慰《い》留《りゅう》することにつとめていた。

柴田艦長としては、戦後の復員輸送において、操艦を除いては乗員の慰留に、もっとも配慮していた。

十一月二十八日、浦賀を出て鶴見にいたり、浅野ドックで十二月二十日までの予定で、入渠修理を行なうことになった。輸送艦のような小型艦艇は、約半年に一回、一ヵ月ほどの入渠修理を行なうのを、例としていた。

一九号艦は、予定どおり出渠して浦賀に回航し、浮標に係留するとき、座礁してしまった。もともと浦賀は港内が狭く、座礁した艦船も多く、海の難所の一つとされていた。このため十分注意していたが、風浪、潮流など外力の影響が意外に大きく座礁してしまった。僚艦の第二〇号輸送艦艦長三輪勇之進少佐が、さっそく救難作業をしてくれたが、一九号艦は離礁しなかった。

満潮を待って、曳船の力を借りてようやく離礁し、入渠して調査してみると、プロペラの翼もプロペラ軸も曲がっていることが分かった。これらの予備品が京浜地区にないので、一九号艦は呉へ回航する羽目になった。乗員たちは、浦賀で餅つきでもして、ゆっくり年末年始を迎えられると喜んでいたが、その夢もいまははかないものとなってしまった。

*

奥野（柴田を改姓）艦長は、アメリカから日本人捕虜が浦賀に帰ってくると聞いて、期友の捕虜一号と騒がれた酒巻和男を出迎えようと思った。私室からウイスキーびんを持って出かけた。桟橋には、期友の近藤矩雄も来ていた。

酒巻がやってきた。顔色もよいし、服装もこざっぱりしていた。これなら虐待されていたわけではなかったと、一安心した。迎える側も、迎えられる側も、軽く会釈し合っただけで、大した話はなかった。この場合、言葉はなくても期友同士、気持の通じ合うものがあった。驚いたことに、捕虜の中に期友の豊田穣がいた。酒巻はいるものと思っていたが、豊田がいようとは、予想もしていなかった。酒巻は、自分が捕虜になっていたことを、期友は知っていると、予想していた。だから期友を認めても、酒巻は動揺した風情はなかった。同じクラス同士だが、豊田は目が合ったとき、ちょっと狼狽した。そこで奥野艦長は、持ってきたウイスキーびんを、そーっと豊田に渡した。

日露戦争当時の海軍は、何度かの小《こ》競合《ぜりあ》いはあったが、日本海海戦の艦隊決戦で勝敗が決まった。このような一過性の戦いなら、捕虜になる機会も少ない。

第二次大戦では、戦争の様相がまったく変わってきた。日本が予想していた戦艦同士が射ち合って雌雄を決する艦隊決戦は、とうとう起こらなかった。海軍といっても、水上艦艇、潜水艦、飛行機、さらに陸戦隊と戦闘場面は増えた。また広大な各地の戦場で、毎日毎日、敵味方入り乱れての近接戦がくりかえされていた。

心ならずも、捕虜になった人がいるのも事実である。捕虜にならなかった人は勇敢で、捕虜になった人は卑怯というわけでもあるまい。そこには運もあろうし、不可抗力だってあるだろう。

引揚輸送では、捕虜になっていた人たちを迎えることもある。知り合いということで、期友の酒巻と豊田を温かく迎えてやったが、知らない捕虜の人たちも、酒巻や豊田と同じような気持で迎えてやろう。このことは、乗員にも、よく言い聞かせておこうと奥野艦長は思った。

豊田は、戦後、新聞記者となり、現在、直木賞作家として分筆界で活躍しているが、さきごろ私（筆者）につぎのように話した。

「捕虜として日本に帰るとき、大きな不安があった。国民はともかく、兵学校同期の者が、温かい自分をどう迎えるだろうかと心配だった。浦賀に着いたとき、奥野正と近藤矩雄が、温かいまなざしで迎えてくれた。国民がどう思おうと期友《クラス》が迎えてくれるなら、どんなに辛い茨《いばら》の道であっても、自分は雄々しく生き抜いてゆくぞと決心した。奥野がくれたウイスキーの味は、一生忘れられない」

豊田穣氏は日本に送還されたとき期友が温かく迎えてくれたのが忘れられないという。

明けて二十一年一月中旬、お屠蘇《とそ》気分もそこそこに、一九号艦はドックを出て港外にいたり、この状態で外洋航海ができるかどうか、確認運転をしてみた。主機械を回してみると、船体がガタガタ震動するが、半速（六ノット）程度の速力に押さえての航海なら大丈夫と認定された。そこで便乗者百一名を乗せ、呉に向かうことになった。

海の難所として名高い熊野灘に差しかかったときには、激しい吹雪のあいにくの天候となったが、幸いにもぶじに乗り切り、四国南岸を迂回して豊後水道に入った。黒潮の強い流れに、推進軸の翼を折られるのではないかと、ハラハラしていただけに、まずは一安心だった。

しかし、瀬戸内海に入れば、今度は海流の代わりに潮流が強くなり、新たな心配がでてきた。一本脚（推進軸が一本のこと）で速力はわずか六ノットだから、水道や瀬戸の通過には、転流をしっかり見きわめておかなければならない。

途中、松山と大竹で便乗者を下船させ、一月十二日、やっとめざす呉港に着いた。そして翌十三日に、さっそく入渠して修理することになった。

食糧難打開の一対策として、輸送艦一隻が捕鯨母船に改装されるらしい、との噂《うわさ》を風の便りに聞いた。だとすると、ちょうど入渠修理中の一九号艦に、そのお鉢が回ってくるような気がした。そこで奥野艦長は、打ち合わせのため東京の復員局に出向いてみた。担当者は明言を避けたが、その口ぶりから、一九号艦が指定されるだろうと推察された。

呉に帰って間もなく、「捕鯨母船に改造せよ」との電令を、予想どおり受領した。そして日本水産株式会社からは担当重役が、大洋漁業株式会社からは事業主任予定者の大友亮氏が、呉まで一九号艦の視察にやってきた。

電報のとどくのが遅れたので、復員輸送のための改装は、もうかなり進んでいた。その施設を撤去して、捕鯨会社の要望によって新たな改造をはじめた。ところが、マッカーサー司令部の正式許可がないとか、捕鯨開始時機に間に合いそうにないから今年は中止するとか、朝令暮改の言葉そのままに命令は二転、三転した。

このため関係工員は、自分たちの造った物をこわしたり取りつけたりでつむじを曲げてしまった。結局、捕鯨母船に改造と最終的に決定したときは、出港期限に一週間あまりの日数しかなかった。そして貸与先は、大洋漁業と決まった。工員をなだめすかして工事に当たらせたが、工事はさしてはかどらなかった。

戦時中は、格別に要請しなくても、突貫工事が行なわれていた。しかし、戦後の日本人は、マッカーサー司令部の命令がなければ、能率の上がらない状態になってしまっていた。未済工事は、下関市の大洋漁業で施工することとなり、ひとまず呉を出港することになった。

一難去ってまた一難、つぎは燃料問題にぶつかった。アメリカ側からは、復員輸送用の重油は供給するが、漁業用には供給しないと通告してきた。捕鯨会社からは、下関に大豆油はあるが、まだ船舶燃料として使ったことがないから、差し当たり目安は立たないと言ってきた。いつまでもドックを占拠しているわけにもいかず、とにかく、下関まで行ってようすを見ることになった。

捕鯨会社の関係者二十一名を便乗させ、二月十七日、呉港を出て下関に向かった。到着と同時に、一週間の予定で、捕鯨施設の突貫工事に取りかかった。復員輸送に使用していた船倉を、冷蔵庫に改造し、また船尾に揚鯨用のエプロン・ウインチなどを新設した。

戦時中の海軍では、陸上の官庁・部隊は、艦艇の行動に支援協力を惜しまなかった。緊急工事でも需品積み込みでも、艦側の担当者を派遣すれば、すべてスムースに交渉がまとまっていた。そこで艦長としては、艦の運航に責任を持っていれば、それでよかった。戦後もおなじく艦長と呼ばれてはいるが、奥野艦長としては、守備範囲がとても広くなったと感じていた。

一九号艦の乗員で、

「復員輸送なら我慢しますが、捕鯨会社の協力にはついて行けません」

と、申し出た者があった。

一九号艦が、下関を後にして小笠原漁場に向かう日は、次第に近づいてきた。戦後、はじめての近海捕鯨でもあり、食糧難の時節柄の出漁でもあるので、ラジオで放送され（当時、テレビはなかった)、新聞雑誌の紙面もにぎわした。

二月二十四日、いよいよ出港の日はやってきた。海軍の出港は、戦時、平時を問わず、たまたま埠頭《ふとう》に居合わせた少数の人たちが、また航路付近の艦艇乗員が、静かに帽子を振るだけである。奥野艦長にしてみれば、長年、船乗り暮らしをしてきたが、こんなに華やかな船出ははじめてである。

埠頭には、手に手に小旗を持った人たち、社員、乗員家族、官庁職員、報道陣などの大勢の人たちが、小旗を打ち振り喚声をあげて見送っている。行きかう船の乗員も、笑顔で歓声をあげ、思いっきり手を振っている。

戦後ずーっと、心の中でくすぶりつづけてきた、うっとうしい気分もふっ飛んだ。これまでの長い間の苦労も、すっかり忘れてしまった。気のせいだろうか、エンジンの響きも、いつもより軽快なようだった。

戦後ただちに、敗戦国日本の周囲には、マッカーサーラインが設定され、日本船はこの線を越えることはできなかった。第一九号輸送艦、奥野正艦長は、このマッカーサーラインを、最初に突破した日本の第一船であり、最初の艦長という栄誉に輝くことになった。そしてこの捕鯨が、戦後日本の南氷洋捕鯨再開のきっかけともなった。

日本と同じ立場のドイツは、連合軍の支持がえられず、戦後は一つの船団も出漁できなくなった。戦前のドイツは、六船団を所有し、科学的な操業を誇っていた。終戦時に残っていた母船三隻のうち一隻はイギリスに、二隻はソ連に配分された。このためソ連は、戦前、南氷洋に一船団も出していなかったが、戦後は四船団も出すことになった。

8　輸送日誌(2)

一九号艦は、去る二月から大洋漁業に貸与されていたが、四月二十七日、第二復員省に復帰した。つぎは患者輸送の新任務があたえられ、約一ヵ月間の修理は今回も呉で行なうことになった。

乗員百名は、横須賀組と呉組に大別され、ごく小人数の博多組と相生組もいる。乗員の過半数を占める横須賀組は、またも呉かと、いささかがっかりしていた。四月二十七日、燃料補給のため芝浦を出て、鶴見に向かった。さらに翌二十八日、鶴見を出て呉に向かった。

海軍では小艦艇の部類に入っていて肩身が狭かったが、船体の大きさにくらべて、身分不相応に大きな二つの船倉を持っているので、戦後は文字どおり引っ張りだこである。病室の改造、収容設備の増設もあり、一ヵ月間の修理で外観も一変して、どうやら患者輸送船らしくなってきた。

コロ島行きと決まったとき、奥野正艦長は、七年前、練習艦隊の少尉候補生として、満州旅行をした当時をしのんだ。

奥野艦長は、兵学校六十八期生徒で、昭和十五年八月、同期生二百八十八名とともに、海軍兵学校を卒業した。そしてコレスの機関学校四十九期八十名および経理学校二十九期三十名とともに、晴れの少尉候補生として、練習艦隊に乗り組んだ。この年の練習艦隊は、去る四月二十日および五月三十一日に竣工した、練習巡洋艦の「香取」「鹿島」で編成されていた。

思えば、この練習艦隊こそは、日本海軍にとって、最初にして最後の練習艦隊となった。つぎのクラスからは、練習艦隊は編成されなかった。

最初の練習艦隊とは、つぎのような意味である。その当時、庶民の子に生まれて、海外旅行に出かけられるのは、海軍か商船乗りの遠洋航海、もしくはごく少数の外交官ぐらいだった。この遠洋航海が魅力で、海軍生徒、すなわち兵学校、機関学校、経理学校をめざした者も少なくなかった。

海軍生徒として、三年あまり辛抱しておれば、卒業して候補生になって遠洋航海に出かけられるわけである。そのコースとしては、北米回り、豪州行き、欧州行き、東南アジア回りと、幾つかのコースがあった。

しかし、世のなかは、若者が頭の中で考えるほど、甘くはなかった。前年までの練習艦隊は、「八雲」「浅間」などの旧式装甲巡洋艦で編成されていた。これらの艦は石炭を焚《た》くので、行く先々の港では、石炭積みの難役が候補生を待ちかまえていた。早朝から夕暮れまで、乗組員総員で石炭積みをするわけである。

石炭といっても、石炭屑をピッチで練り固めた大型煉炭である。ピッチが皮膚を傷めるの

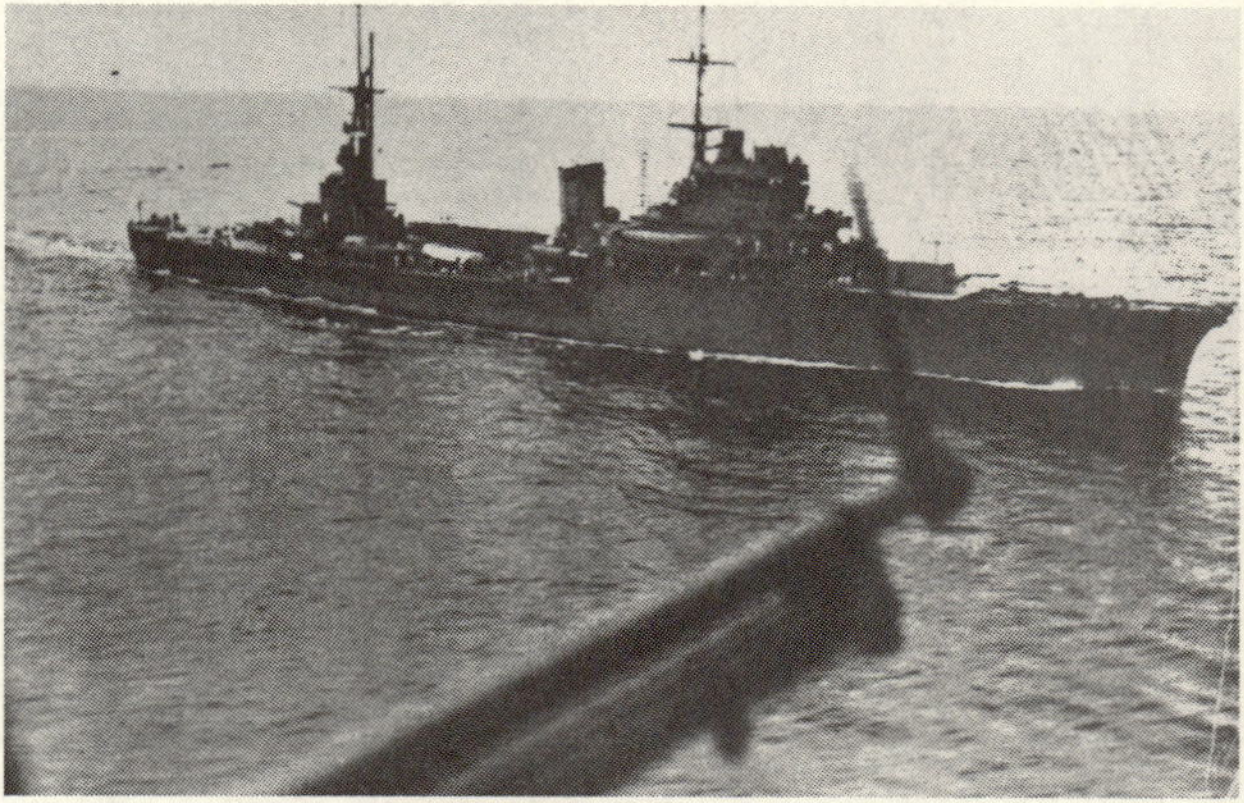

昭和15年４月20日に竣工した練習巡洋艦「香取」。主機はタービンとディーゼルとを併用して、経済性も考慮され、また最新式のものを装備していた。

で、南洋でも作業服、手袋に身をかため、顔には白粉を塗っての珍妙なスタイルである。愛しい彼女が聞いたら、涙が出るような格好である。その煉炭が頭に当たれば、命を落とすこともある。

日本海軍としても、石炭積みのない練習巡洋艦が欲しかったが、これまでは新艦建造の余裕がなかった。しかし、艦の老朽化と装備の旧式化から、どうしても新艦の建造に迫られた。こうして昭和十一年（一九三六年）の第三次補充計画により、「香取」「鹿島」を建造することになった。

船体は予算節減のため商船に近い構造にして、艦内の司令官公室、貴賓室などの内部艤装は、諸外国に寄港しても恥ずかしくないよう、商船なみの艤装をすることにした。そこで、客船建造に実績をもつ、三菱横浜造船所に発注された。

少尉候補生の居住区、講堂を設置するため、長大な船首楼甲板と、高い乾舷をもった商船みたいな船型であって、上甲板は巡洋艦にしては珍しく木甲板になっていた。要目は、公試排水量六千三百トン、水線長百三十メートル、最大幅十五・九五メートル、吃水五・七五メートル、八千馬力、二軸、速力十八ノット、備砲十四センチ砲四門、十二・七センチ高角砲二門、礼砲四門、五十三センチ魚雷発射管四門、水上偵察機一機だった。

奥野たちは、「香取」「鹿島」で、石炭積みの苦労もせずに憬《あこが》れの遠洋航海に出かけられると、胸をはずませた。この昭和十五年度遠洋航海は、当初、インド洋方面に予定されていたが、この年の一月二十一日、千葉県野島崎灯台沖三十五マイルの海上で、浅間丸が英巡洋艦リヴァプールに臨検される事件が起きた。このため対英感情が急に悪化し、コースはつぎのように、東南アジア、南洋方面に変更された。

八月七日から九月二十八日までの前期は、江田内、舞鶴、大湊、鎮海、旅順、大連、上海、佐世保、二見に寄港して横須賀に入港する。十月一日から十一月二十一日までの後期は、横須賀を出港して、マニラ、バンコク、バタビア、ダバオ、パラオ、トラックなどに寄港することになった。

旅順では大型バスで、二百三高地、水師営などの戦跡を見て回った。当時の日本内地には大型バスはなかったので、大型バスによるドライブは、とても楽しかった。大連からは、列車で新京（長春）、奉天（瀋陽）、撫順炭鉱を見て回ることになっていた。

「香取」と「鹿島」は、大連埠頭に横づけした。六千トンの巨体が、木に留まった蟬みたいで、規模の大きさを感じた。市内に出かけてみると、都市計画はもとより、アカシアの並木、公園の木立のたたずまいにも、エキゾチックな気分を味わった。商店街では、当時の日本内地では見かけられない、ライカなどの写真機を買う者もいた。

その晩、大和ホテルで、満鉄総裁の歓迎レセプションがもよおされ、木村卓一総裁はつぎのような挨拶をした。

「海の護りの重責を双肩に担われる諸官が、ここ大連を訪ねられましたことに、本職は市民とともに心からお喜び申し上げます。諸官はこれから、新京・奉天に列車旅行をされると承っています。太平洋で活躍される諸官が、ふたたび満州旅行をされることはないと思います。艦隊司令部からは、二等の申し込みを受けていますが、総裁の驕《おご》りとして、諸官のために一等車を用意させました。諸官は、この満州旅行を十分に楽しまれ、他日、大成の糧《かて》にされるよう、望んでやみません」

本場の中国料理に舌鼓《したつづみ》を打ちながら、老酒《ラオチュー》の快い酔いにひたっているのは、とても楽しかった。余興にもよおされた中国手品も、はじめて見るので魅力があった。魅力といえば、裾の割れた服を着た姑娘《クーニャン》も例外ではなかった。

翌日、列車で新京（長春）に向かった。広軌の客車はもともと広々としているし、それに一等車だから、とてもゴージャスな気分になった。猛スピードで走っているはずだが、近くに目標もないし、景色もさっぱり変わらないから、さしてスピードが出ているとは感じなかった。

見わたす限りの高粱畑ばかりだが、はるか彼方の地平線に、太陽がいままさに沈もうとしている。

「赤い夕陽の満州」という歌を思い出した。候補生の身分では、日没のときには、艦の位置を出すためいつも六分儀をのぞいているので、日没を情感的に眺めたのは、このときがはじめてだった。

夜中に寒くなってきた。真夏の満州では、日中はかんかん照りで暑いが、夜になると寒いという、大陸性気候を肌で感じた。三等のように車内が混んでいると、人いきれで救われるだろうにと、贅沢《ぜいたく》な不満もでてきた。こんで停車したら、アルコールでも買おうと思ったが、列車は何かに憑《つ》かれたかのように突っ走るばかりだった。

新京は、松花江流域の一大沃地《よくち》にあって、商業、交通の要衝《ようしょう》になっていた。市街地の中央に広場があり、ここから放射線状に道路が出ていて、ロシア人が建設したことを、問わず語りに語りかけていた。そしてまた、新しい都市計画もすすめられていた。

溥儀皇帝から、宮殿で謁見を賜わった。張国務総理の歓迎昼食会が、中央飯店でひらかれた。張総理の中国語による歓迎の辞が日本語に翻訳され、清水光美司令官の日本語によるお礼の辞が中国語に翻訳されるまでの半時間、出席者一同、「お預け」を命じられた狆《ちん》(小犬)みたいに、ご馳走を前に立っていた。言葉の違い、外国に来たという実感を、あらためて味わった。

いよいよ食事となった。兵学校の先輩から、中国料理は後でうまい物が出るとの話を聞いていた。そこで最初は食べるのを押さえていたら、お腹でもこわしたかと、期友から同情された。出てくる料理が終わりに近づいてきたのが、分かってきた。もっと食べておけばよかったと思ったが、後の祭である。幸い、この日の午後、陸軍の梅津軍司令官官邸の茶話会で、弁当がでたので、ひもじい思いはしなくてすんだ。

奉天（瀋陽）は、遼河の支流渾河の河岸に臨む、東北第一の都市だった。清の太祖が、一六二五年から二十年間、ここに都をおいた、古い都市とのことだった。その事実を裏書きするように、外城と内城とがあり、内城の中には清の故宮、博物館、公園などがあった。ここは、中国人のつくった都市ということを実感として味わった。

ローカル線に乗り換え、撫順に向かった。撫順は、瀋陽の東方にあり、渾河に臨んでいた。露天掘りで有名な炭鉱があり、ここでは夾雑物の少ない良質の石炭を産出している。この炭層をおおっている油母頁岩《けつがん》（オイル・シール）を乾溜して、石油を採取しているとの話だった。

満鉄では、大正十年（一九二一年）から研究をはじめ、研究開発につとめた結果、昭和十四年七月に最初の油がとれた。こうして実験は成功し、いよいよ工業化を進める。オイル・シールは無尽蔵だから、石油資源の少ない日本にとっては、まさに大きな朗報である、とのことだった。

思い起こすと、この満州旅行では行くさきざきで、数多くの一般市民が手を振って、自分たち候補生を歓迎してくれた。お陰で、思い出多い楽しい旅ができた。その人たちが、引揚者の中にきっというだろう。奥野艦長としてはご恩返しに、引揚者を温かく迎えようと思った。

それにしても、大村総裁はお元気だろうか。歓迎レセプションで、大村総裁は、

「貴官たちが、二度と満州旅行をすることはあるまいから、総裁の驕りで一等車を用意させた」

と、おっしゃった。口に出して反論はしなかったが、国運は隆盛だし、自分たちは春秋に富んでいるから、これからも満州旅行はできるだろうと思っていた。しかし、あれからわずか七年、期友二百八十八名の中で、二百名ほどはすでに戦死している。生き残った自分たちも、これから満州旅行はできないだろう。そのような回想にふけりながら、戦死した期友の冥福を祈るとともに、大村総裁のごぶじを祈った。

（注、以上は〈大村卓一追悼録編纂会発行〉の『大村卓一』より抜粋。大村卓一氏は、満鉄総裁退職後も大連に居住し、その後は大陸科学院院長に就任した。終戦三日前、大陸科学院の一部職員を率いて、通化に疎開した。終戦後、通化から長春への列車通行はできなくなった。部下から単独脱出を奨められたが、同行の職員とともに通化に留まった。その後、老齢のため、中国で病死した）

＊

六月三日、一九号艦は呉を出て新宮をへて大竹にいたり、新任務の患者輸送をひかえて、艦内消毒をおこなった。翌四日に大竹を出発し、豊後水道をへて、コロ島に向かった。その

ころ、輸送艦ではないが民間復員船で、船員が便乗者を虐待したとの新聞報道があった。

これまでの一九号艦は、邦人輸送に従事したが、二回とも復員軍人ばかりの輸送だった。今回はじめて、一般邦人、婦女子を輸送することになったので、婦人用便所を設け、乗員が粗野な言動をしないよう注意をうながした。

六月十二日、博多に帰着した。収容人員八百九名。

六月十九日、復員省が廃止された。第二復員庁設置にともない、乗員は文官待遇となった。復員輸送で、もっとも苦労したのは、主計科だろう。それも軍港を基地として行動している間は、軍需部はなくなっても、納入業者のリストがあるから、食糧の購入は交渉しやすい。しかし、博多のように、海軍と縁の薄かった港を基地とする場合、生鮮品の買い付けなど、なかなか思いどおりにはこばない。芋の葉っパでも手に入ればまだいい方である。酒もなかなか、手に入らなかった。やっと入手しても、便乗者がいては、艦の乗務員だけで飲むというわけにはいかない。しばらく保管していて、いざ飲もうとすると、酢のようにすっぱくなっていて、がっかりさせられたことも少なくなかった。

つぎに苦労したのが、医務科である。大勢の人を狭い艦内に押しこむので、伝染病の恐れもある。婦女子もいるし、衰弱した人もいる。

上海行きが決まったとき、奥野艦長は、練習艦隊で上海に寄港した当時を思い出した。揚子江に入る前日の真夜中、兵科候補生は、指導官付大岡敬次中尉（のち少佐）からたたき起こされた。

「ここから海岸までは、まだ四、五十キロはある。ところが、ここの海面は、揚子江が吐き出す土砂のため、このように土色に変色している。昼間、揚子江を航行しても、川幅があまりにも広いから、両方の川岸は見えない。これから横づけする上海は、揚子江の支流・黄浦江の川岸にある。日本の川には、本流でも軍艦が航行できる川はない。中国がいかに広大な国かということ、さらには、中国国民が悠久の自然とじっくり取り組んでいるようすを、十分に観察してこい。いま一つ注意しておきたいことがある。揚子江や黄浦江では、水面と水中とでは、流れの方向も速さも違うから、川に落ちたら行方が分からなくなる。川に落ちたら、命はないものと思え」

中国最大の貿易港・上海は黄浦江の左岸にあり、港の付近は川幅七百メートル、水深九メートル、外航船舶百五十隻が岸壁に横づけできる。長江の全流域を後背地にして、中国貿易の半ばを取り扱っている。一八三二年（天保三年）、東インド会社の船が入港してから、ヨーロッパと中国との接点として繁栄してきた。

日本人の在住者も多く、長崎港からは毎日、直航船があり、長崎県上海という言葉もあるという。黄浦江には、一世紀にわたって外国軍艦が停泊し、市内には中国の行政権も司法権もおよばない、広大なフランス租界・共同租界もある。そこでは、欧米人が自国の領土と同じように権力をふるっている。奥野候補生は後学のため、租界に行ってみたいと思ったが、これは許されなかった。

上海から南京まで、列車旅行をした。南京は古い都だったが、政府が北京に移ってからは、一時すたれていた。一八九九年（明治三十二年）に開港してからは、外人の往来も激しくなり、ふたたび活気を取りもどした。市街は巨大な城壁に囲まれ、内外に通じる幾つかの城門がある。中でも中華門、中山門などはとくに有名である。市街のほぼ中央には、革命の父といわれた孫文の銅像があった。

この日は日帰り旅行だったが、行くさきざきに日の丸の旗が掲げてあり、日の丸を打ち振る人もあり、日本の国威を満喫した一日だった。その夜は、ガーデンブリッジ横のアスターホテルで、支那方面艦隊司令長官・嶋田繁太郎中将の歓迎レセプションがもよおされた。中国料理も回を重ねてきたので、料理も老酒も、余裕をもって味わうことができた。

しかし、そのころ、旗艦「香取」では、緊急電報により緊張の度を高めていたとは、知る由もなかった。

「練習艦隊は、すみやかに横須賀に帰投せよ」

との中央指令だった。佐世保と二見に寄港したこの航海では、いつも台風と道づれで、艦隊は時化に悩まされ通しだった。

大連からは、新京、奉天、撫順まで旅行し、上海からは南京まで足を伸ばした。日本人が、永年にわたり血と汗とで築いてきた権益が、ようやく結実期を迎えたとき、自分たちはなんの苦労もなくその果実をいただいてきた。

中央指令で呼びもどされた練習艦隊は、東南アジアへの遠洋航海を中止し、候補生はただちに艦隊配乗となった。遠航中止は残念だったが、その代わり紀元二千六百年祝賀の大観艦式に参加することができた。

集まる艦艇三百余隻、空には数千機の艦上機および中型攻撃機が飛んだ。この盛儀は、日本海軍永年の夢だったにちがいない。

自分たちは、先人が残した権益のお陰で、思い出多い楽しい海外旅行もできた。海軍先輩たちの努力の甲斐あって、大観艦式に参加することもできた。この権益をまもり、国力を増大するため、米、英相手に戦ったが、こと志とちがって一敗地にまみれた。自分たちの世代は、国家に残すものよりも失うものが多かった。

先輩に対する報恩の代わりに、後輩になにかしてやりたいと思うが、現在の自分には何もしてあげられない。

自分が現在してあげられるのは、在留邦人の引揚輸送に誠を尽くすだけである。この引き揚げに事故を起こさないようにしよう、引揚者に不愉快な思いをさせないようにしようと、奥野艦長は決意を新たにした。

六月十九日、一九号艦は博多を出港して、上海に向かった。佐世保をへて、七月一日、博多に帰着した。収容人員七百九十六名（うち二名死亡）。

便乗者には、陸軍兵もいた。今回は不都合な便乗者もあり、前回にくらべると、かならずしも芳しい雰囲気ではなかった。

たとえ便乗者と乗員との間にトラブルが起こっても、頭から乗員を責めずに、よく事情を調査しなければならないと思った。

七月六日から九日までの四日間、工作艦「夕月」に横づけして修理を行なった。七月十一日、博多を出てコロ島に向かった。七月十九日、博多に帰着した。収容人員八百一名（うち二名死亡）。

奥野艦長が、打ち合わせのために博多の復員事務局を訪ねたとき、

「コレスの栗田だ」

と言って、話しかけてきた者があった。おたがいに一面識もなかったが、ただ、コレスというだけで、即座にこれほど親しくなれる海軍を、いまさらながらよい社会だったと思った。それにしても、このとき話しかけてきた栗田春生が、十数年後には、水処理業の栗田工業株式会社の創業者社長になろうとは、知る由もなかった。

＊

輸第一九号艦が、上海岸壁に横づけしていたとき、乗員の間に、艦長が連行されたとのデマが飛んだことがあったが、その経緯はこうである。

捕虜収容所所長と称する国府軍中尉が来艦して、艦長に面会を求めてきた。奥野艦長が面会して、五年前に上海市内を歩いたと話したところ、中尉は、現在どう変わっているか、これから案内しましょうと申し出た。その中尉とは一面識もなかったが、話していて悪人とは思えなかった。

そこで奥野艦長は、先任将校には市内見学に出かける旨を告げ、中尉のジープに乗って出

かけた。中尉は、市内をあちらこちら案内した後、赤煉瓦造りの大きなデパートに連れて行った。敗戦国の日本とちがって、帽子、鞄、靴など立派な商品が豊富に陳列してあった。中尉はここの食堂で、当時の日本人にとっては、とても豪華な昼食をご馳走してくれた。さて、一人の乗員は、艦長がジープで出かけるのを見ていて、艦長はジープで連れ去られたようだと言った。この話が兵員の間にひろがって、デマになったというわけである。先任将校は事情を知っていたから、艦として騒いだわけではないが、相当数の兵員は本気で心配していたという。確かに当時の日本人は、敗戦のショックのためか、何事も最悪の事態を考えがちだった。

七月二十五日、一九号艦は博多を出て、コロ島に向かう。八月三日、博多に帰着した。収容人員八百二十八名（うち二名死亡）。

八月十二日、博多発、コロ島に向かった。八月二十二日には、博多に帰着した。収容人員八百二十名（うち三名死亡）。

艦内にコレラ患者が発生したため、便乗者、乗員とも、八月二十四日から九月七日までの間、残島東海面に隔離された。

外部との連絡も断たれて、運命共同体の形で半月も艦内に閉じ込められたので、乗員と便乗者との間に心の交流も深まった。復員船がとりもつ縁も、幾組かあったと聞いている。時化や苦労をいとわない乗員も、相つぐ検便には悲鳴をあげていた。

九月七日、博多発、関門をへて相生に到着し入渠した。九月二十九日まで、入渠修理、整備休養。

九月三十日、相生を出て、翌十月一日、浦賀に入港した。中旬ごろより、中部太平洋のマリアナ諸島に向かうことになった。

十月十三日、乗員縮減にともない、航海士、甲板士官、掌内務長をはじめ二十数名が退艦することになった。

戦中、戦後を問わず、生死をかけて苦楽をともにしてきただけに、なかなか名残りは尽きない。記念撮影、つづいて会食をし、おたがいの仕合わせを祈り、帽子を振りながら別れた。

十月十五日、浦賀発、横須賀をへて、グアム島に向かうことになった。久し振りに黒潮を乗り切る太平洋の航海になったが、あいにく秋雨けむるすっきりしない空模様で海面には白い波頭が一面に立っていた。グアム島で、米軍の捕虜《ピーダブリュー》になっていた者六百名を収容した。

捕虜といっても、こちらの乗員が顔負けするくらいに肥っていて、服も靴もきれいな物を身につけていた。ラッキー・ストライクを、アメリカ人のようにスパスパやっていたのには、びっくりさせられた。

パラオの栄養失調になって痩せ細った復員軍人、満州帰りの身も心も憔悴《しょうすい》した邦人を思い浮かべ、ちょっと複雑な気持になった。

猛烈な台風が、約百キロ離れた平行線上を、追っかけるように北上してきたので、一時はどうなることかと案じたが、予定どおり十月二十六日、ぶじに浦賀に入港した。

十月二十八日、浦賀ドックに入り、十一月十四日まで、入渠修理した。
十一月十五日、浦賀発、グアムに向かう。
十一月二十一日、グアム発、サイパンに向かう。収容人員三百三十三名。
十一月二十二日、サイパン発、那覇に向かう。収容人員三百名。
十一月三十日、那覇をへて、浦賀着。

まもなく、邦人復員輸送が終了することになり、奥野艦長はつぎの訓示を行なった。

——復員輸送開始以来ここに満一年有余、南に北にとひたすら同胞愛に燃えて、わが同志特々一九号乗員は、よくその任務をまっとうした。そして有終の美を飾るべき、最終段階の場面にいたったのである。

われわれの大部分は旧海軍の軍人であり、戦時中、一途に祖国への忠誠を誓ってその純情を捧げて来たのであったが、敗戦と同時にあらゆる場面がさらされ、だれもがその去就に迷い、空漠な状態にならざるを得なかった。しかし、そのときは、利につき欲に走った輩が芽を出していた。

混沌たる世の嵐が滔々と吹きまくり、だれもが保身に汲々たる有様で、遠く一日千秋の想いで待ち侘びている海外の戦友や同胞の身の上を、考える者とてほとんどないといってよかった。果たしてこれでよいのか？　自責の念は、強くわれわれ若い者の胸を打った。戦時中の掛け声に比べ、なんと冷酷なる現在の世の中。最後までその後始末をやることが、せめてもの罪滅ぼしでもあり、将来、新日本建設の所以ではないかと自覚するにいたって、前途に光明を見出し、確たる目標を打ち樹てることができた。

そして復員輸送を続行しつつある間に、その目標が信念が、決して間違ったものでなく正しきものであることが分かった。「パラオ」「トラック」におけるあの痩せ衰えた人々、満州方面における幾多の迫害と飢餓に襲われてきた哀れな人々、彼らはようやく祖国を呪い、世を嘆きつつあった。彼ら幾百万の海外同胞をそのままに放置せんか、真に由々しき問題に立ちいたらんことは自明の理であった。にもかかわらず、ほとんど救済の手は差し延べられなかった。政府も一般民衆も、ただいたずらに自己の無力を嘆くばかりであった。せめてもの暖かい手をと、能《あた》う限りの力を尽くしたが、もちろん一起一伏はあり、及ばない点が多々あるにはあったが、そしてとにもかくにも後わずかで、最後を飾り解散の運びとなった。

振り返りみれば、さまざまな想い出、苦しんだこと、悲しんだこと、喜んだこと、若人の集いには尽きるところがないが、いずれも懐かしき追想の種とならないものはないであろう。いまや新しき日本は、呱々《ここ》の声をあげて立ち上がった。そしてわれわれもふたたび、新しき職場を舞台を求めて、雄々しく立ち上がらねばならないのである。

復員輸送任務により、立ち遅れたるを嘆くなかれ。健やかなる芽を出さんとすれば、まず健やかなる土壌を必要とする。この一年有余は決して負に作用しているのではなくて、自分自身を耕し、肥料をほどこして来たのだ。自己の任務に忠実であればあるほど、それだけ大きく、そしていまや種子を播くばかりになっている。かつて軍人のゆえをもって、卑下するのをやめよう。もっともっと、気持を大きく持とう。

「汝ノ国ノ青年ヲ示セ。余、汝ノ国ノ将来ヲ語ラン」

との言葉もある。

悔いなき青年の矜持をもって、気宇を大にし、若々しく芽生えた日本の新芽を、枯らすことなく、折ることなく、曲げることなく、真っすぐに太く逞しく、花咲き実る大樹となそうではないか。——

9　復員輸送の思い出

特別輸送艦「巨済」艦長志賀（旧姓、保坂）博大尉は、復員輸送の回想について、つぎのような手記を寄せた。

——パラオ島からの帰途、激しい向かい風に艦脚《ふなあし》はのびず、富士山を二日間も眺めながら、内地になかなかたどり着かなかった。ほとんどの便乗者は船酔いしているのに、連隊長酒井大佐だけは、つぎの短歌を詠んで毅然たる態度だった。さすがは部隊長と、感心させられた。

うす紅葉　丹《あか》き心も示し得で
　梢に残る　秋の夕暮

「巨済」が博多港に入港するたびに、久留米女子青年団、久留米医大学生グループ、荘島女子青年団が交替で博多まで出かけてきて、「巨済」乗員を慰問してくれた。保坂博・艦長、徳富敬太郎・先任将校、それに医務長・平林博士の三名が、久留米に招待を受け、高良《こうら》神社に案内してもらった後、大歓迎を受けたことは終生忘れられない思い出である。——

博多に向け航海中、一人の子供が衰弱死した。金森機関長は、みずから鉋《かんな》をかけて水葬の寝棺を造ったが、こんなに立派なお棺を造って下さってと、家族は涙を流して感謝していた。

あのころは、敗戦国の悲しさ、どこもかしこも物は乏しかった。しかし、引揚邦人と乗員との間にも、一般市民と乗員との間にも、なにか心が通じ合い、おたがいに感謝し合っていることが感じられた。

このような心の交流があったればこそ、乗員はそれを心の支えとして、自分自身の将来の生活設計を心配しながらも、先細りになってゆく復員輸送に従事していた。

＊

筆者の兵学校の期友《クラスメート》では、戦後、左記の七名が特別輸送艦艦長として引揚輸送に従事した。

第一六号輸送艦艦長　磯辺秀雄大尉
第一九号輸送艦艦長　奥野　正大尉
第四四号海防艦艦長　近藤矩雄大尉
特別輸送艦巨済艦長　志賀　博大尉
第五八号海防艦艦長　田中俊雄大尉
第八一号海防艦艦長　西山顕一大尉
第七八号海防艦艦長　山県信治大尉

彼らのうち、左記の二名が、名付け親になっている。

八十一《やそいち》さん＝特別輸送艦第八一号（艦長西山顕一大尉）が、一般邦人を乗せて名瀬へ向け航海中、男の児が生まれた。西山艦長は、艦名と自分の名前の一字を入れて、八十一さんと命名した。

澄子さん＝特別輸送艦「巨済」（艦長志賀博大尉）が、コロ島から博多港に向け航海中、女の赤ちゃんが生まれた。志賀艦長としては、艦は博多に向かっているし、自分の名前の博を使って、博子さんと命名しようと思った。

ところが、この赤ちゃんのお姉さんが博子さんだったので、考えなおすことになった。「巨済」の済は、「すむ」と読む文字である。そこで同じ音《おん》の「澄」の文字を使って、澄子さんと命名した。

さきごろ私たちの期会では、老境の集いの常として、子供や孫の話で持ち切りだった。そのとき、西山と志賀が、

「引揚船の中で生まれた赤ちゃんも、もう四十歳だ。おれたちがそろそろ、七十歳になるはずだ」

と言って、復員輸送の思い出話を、懐かしそうにはじめた。私はこのとき、やはり名付け親ともなれば、わが子と同じような関心があるのか、と思った。

＊

引き揚げの港で聞きし　ギターの音
幾歳経《へ》てど　胸に迫りて

さきごろ私は、ふとしたことから、この短歌につづくつぎのような手記を読んだ。

——台北第一高等女学校四年生で終戦を迎えたこの婦人は、住み馴れたわが家を家族とともに後にして、内地に引き揚げることになった。台湾における最後の一晩は、基隆《キールン》の岸壁に仮設されたテントの中で過ごすことになり、耐えがたいようなわびしい気持だった。そのとき、思いがけなくもギターの爪弾きの音が流れてきた。明日乗船する引揚船のデッキの上で、一人の船員が、引揚者の気持を知ってか知らずでか、「別れ船」を弾いていた。それ以来、この婦人は、「別れ船」を愛唱歌にしているという。

戦後、復員輸送の任務についた特別輸送艦「巨済」艦長・志賀（旧姓、保坂）博大尉。

内地に着いて検疫がすむまで、わずか十日あまりの船内生活だったが、そこはまた人生の縮図でもあった。航海中のある日、拡声器からつぎの放送があった。

「昨晩、船中で、引揚者のお一人が亡くなられました。これから後甲板で、水葬を行ないます。お手すきのお方は、いっしょにお見送りしましょう」

真っ白い布に巻かれた寝棺が、後甲板から海に落とされた。船はボーッ、ボーッとにぶい汽笛を鳴らしながら、寝棺のまわりを三回まわった。帰国を目の前にして、故国の土も踏まずに亡くなった人の胸中を察して、この婦人は胸がつまったと書いている。

食事の折りには、引揚者各人に、二コずつのお握りが配られた。お握りのなかには、思いがけなくも、小さなアミの佃煮が握りこんであった。そのアミを口にしたとき、お握りをつくって下さった人たちの親切心が感じられた。

乗員が数十人のこの船では、調理員はおそらく四、五人しかいらっしゃらないだろう。お握りは、ご飯があつい間につくる。わずか四、五人で、七、八百人のお握りをつくるのは、大変な苦労だったにちがいない。また、内地は物資不足で、家庭の買い出しさえ、大変だと聞いている。これだけ大勢の食糧を、どなたがどうして集められただろうか。

その婦人は、戦後もお握りを見るたびに、引揚船の中のお握りを思い出しているという。

引揚船の中では、船を下りてからの落ち着き先、身の行く末を考えて、だれでも重苦しい雰囲気につつまれていた。そんな最中、拡声器からつぎの放送がなされた。

「本船では、さっき女の赤ちゃんが生まれました。船で赤ちゃんが生まれると、船長が名付け親になる慣わしになっています。現在、本船は、沖縄の八重山群島沖を航海中です。そこで船長は、この赤ちゃんに八重子さんと命名しました。引揚者の皆さん、船員の皆さん、八重子さんのご誕生を、いっしょに祝福してあげましょう」

船内が、急にワーッとわいた。船内の電灯も、急に明るさを増したように感じられた。戦後もこの婦人は、テレビの気象通報で、八重山群島の言葉を聞くたびに、引揚船で生まれた八重子さんを思い出すという。——

戦後すでに四十年たち、世間一般では、戦後は終わったと言われてから二十年ほどになった。そのような世相の中で、この婦人が現在でも引揚船にまつわることを思いつづけていることは、この婦人が、社会の恩とか他人への思い遣りを持っているからである。

私は、ほのぼのとしたものを感じながら、この婦人の手記を読んだ。

＊

昭和六十一年五月三日、長崎県佐世保市浦頭《うらがしら》においては、引揚記念平和公園の開設披露式典が催され、佐世保市市長棧熊獅《かけはしくまし》はつぎのように挨拶した。

「——昭和二十年八月十五日、太平洋戦争の終結にともない、海外におられた邦人約六百二十九万人が日本に引き揚げ、このうち佐世保港のこの浦頭の地に、昭和二十年十月十四日、米軍の上陸用舟艇（ＬＳＴ）で、韓国の済州島から旧陸軍軍人九千九百九十七人が揚陸したのをはじめ、以後、昭和二十五年四月までに、主に中国大陸や南方諸国から引揚船千二百十六隻により、一般邦人・軍人・軍属合わせて百三十九万六千四百六十八人の多くの人々が、引き揚げ

昭和20年８月15日、太平洋戦争終結にともない、このような引揚風景がよく見られた。

の第一歩を印されました。ここ浦頭に佐世保引揚援護局検疫所があったからです。
引揚者の多くは、栄養失調や下痢、皮膚病、敗戦の失意と迫害のために疲労困憊《こんぱい》の極限にありました。さらには、無言の帰国をされた人、船内で病に倒れ上陸直後に不帰の客となられた人々がありました。しかしながら、これらの皆さんは一様に夢にみた故国日本の土を踏みしめられた安堵感もあわせ噛《か》みしめておられ、その哀歓は筆舌につくしがたいものでありました。

このような状況の中で、引揚者は、上陸と同時に消毒のためＤＤＴの散布を全身に浴び、検疫の後に、収容先となった佐世保引揚援護局（元針尾海兵団）までの約七キロメートルの山道を、一歩一歩踏みしめながら歩かれました。そしてたどりついた援護局宿舎で、引揚手続を終えると、衣服、日用品等の支給を受け、二泊ないし三泊の後、南風崎《はえのさき》駅からそれぞれの郷里へ向かわれました。

一方、受入側の引揚援護局は『引き揚げる人の身になれ、この援護』を合言葉として、夜を徹し業務にあたり、とくに昭和二十一年の引揚最盛期には、一日の最高引揚滞在者数は、二万二千九百三十一人にもおよび、文字どおりの不眠不休の活動でした。

このようなことで夫々《それぞれ》故国へ落ち着かれましたものの、引き揚げの方々は爾来、戦後の混乱の中に引き揚げ時の苦労を胸に秘め、祖国復興に邁進し、今日わが国の繁栄を築かれるのであります。

私たちは、ふたたびくり返してはならないあのときの悲惨な引き揚げの体験を後世に伝え、その中に世界の恒久平和を願うこととし、かつ、この引き揚げの地を歴史的遺産として永遠に残すため、元検疫所跡地を見おろすこの地に、引き揚げられた方を含む全国からのご協賛者による寄付金一億円余、市費二億五千万円、計三億五千万円余をもって、像ならびに資料館を配置するこの公園を建設し、引揚記念平和公園と称するものであります」

全国でも珍しい引揚記念平和公園の開設にともない、引揚者、引揚船の船員、受入側の引揚援護局局員などの関係者が相集い、往時をしのび、後世に語りつぐ機会があればと念願する人たちも多い。

10　捕鯨について

敗戦直後の日本は、極度の食糧不足で、総人口一億人のうち、一千万人は餓死するだろうと言われていた。現在は経済大国になっているが、敗戦直後の日本は、国民の食糧すら確保できなかった。

幸いあの場合、マッカーサー占領軍司令部の好意により、食糧の緊急輸入が許可され、餓死者が出るようなことはなかった。しかし、それは、対外援助を受け、この急場をしのいだもので、日本人みずから解決に乗り出した自助策ではなかった。そこで、食糧難解決の自助策として、最初に打ち出されたのが小笠原捕鯨である。

日本の夜明けが、天の岩戸であることは、万人の認めるところである。ところが、再建日本の夜明けが小笠原捕鯨であることは、あまりにも知られていない。一方、現在の国際情勢では、商業捕鯨を禁止しようというのが、一般的な風潮になっている。ここ数年後には、捕鯨が全面的に禁止されることになるかもしれない。

このような内外の情勢にかんがみ、「再建日本の夜明けは、小笠原捕鯨である」ことを、再建の神話として後世に伝えたいと、小笠原捕鯨に筆を染めた次第である。

思い起こすと一等輸送艦は、大型運貨船（一般に大発と称していた）四隻を搭載し、高速で敵制空権下の海面を突っ走って、弾薬、糧食などを運搬する役割である。そのため一等輸送艦は、航走しながら搭載船を、艦尾スロープから海面に下ろすことができる。そのような構想をもって設計、施工されていた。

それにしても、戦後はそのスロープを利用して、射止めた鯨体を引き揚げるようになろうとは、設計者はもとより、お釈迦さまでもご存じなかっただろう。

さて、小笠原捕鯨にさいし、大洋漁業は、大友亮氏を事業主任として第一九号輸送艦に派遣した。大友氏は、この航海で暇を見つけては、一九号艦の乗員に向かって捕鯨に関する話をつづけていた。さらにその補完として、一九号艦の思い出集に「捕鯨雑談」と題するつぎのような一文を寄稿した。

（1）小笠原と捕鯨

小笠原諸島は、二百五十九の島々から成り立っていて、その大部分は富士火山帯に属する火山島である。

延宝三年（一六七五年）、徳川幕府は小笠原調査船を派遣し、一カ月以上の調査により地図を作成させた。主な島に、父島・母島などの名称をつけ、全体を無人《ぶにん》島と呼んだ。外国版の古い地図に、Bonin Is. とあるゆえんである。

付近には昔から鯨が遊弋《ゆうよく》していて、よい漁場であった。享保から天保にかけて（一七三三〜一八三八年）、アメリカ・イギリス・ロシアなどの捕鯨船が入港し、それぞれ自国の領有とほのめかしたこともあった。天保元年（一八三〇年）、五人の欧米人と二十人のカナカ原住民が漂着し、最初の定住者となった。

19号艦を捕鯨船として使用するにあたり大洋漁業事業主任として派遣された大友亮氏。

嘉永六年（一八五三年）、ペルリ提督は黒船四隻を率いて浦賀の久里浜に来航し、日本の開国を迫った。その第一目的は、日本近海に出漁しているアメリカの捕鯨船に、炭水の補給と荒天の避難を認めさせることだった。日本の開国を助長するなどの意図は、毛頭なかったわけである。だのに日本人からは開国の恩人とあがめられて、ペルリとしてはさぞ面映《おもは》ゆいことだろう。

文久元年（一八六一年）、水野筑後守一行が、咸臨丸で父島の二見港に入港し、日本領土と宣言した。さらに小笠原島と正式に命名し、その旨をイギリスとアメリカに通告した。明治二年（一八六九年）、明治政府による開拓がはじまり、明治九年（一八七六年）には、諸外国も正式に日本領土と承認した。

東洋捕鯨（日本水産の前身）は大正十二年より、大洋漁業は昭和十五年より、それぞれ小笠原に事業場を建設して、捕鯨事業をつづけていた。しかし、昭和十九年、戦争の激化にともない、捕鯨事業中止のやむなきに立ちいたった。その年、一般島民七千七百十一名のうち、六千八百名が内地に疎開した。昭和二十年八月、小笠原は終戦とともにアメリカ占領下に入り、残っていた九百人あまりの島民全員も内地に引き揚げ、文字どおりの無人島になった。

翌二十一年三月一日、マッカーサー司令部の許可により、小笠原捕鯨が再開された。占領下で諸事不如意の折柄、とくに許可されたので、捕鯨関係者は随喜の涙を流して喜んだ。

小笠原島は、昭和二十一年一月二十六日、行政権が日本からマ司令部に移管され、同年十月、欧米系住民百三十五名が帰島した。

昭和四十三年六月二十六日、小笠原島はようやく日本に復帰し、島民は次第に島に帰ってきた。そして昭和四十七年四月一日、観光渡航がはじまり、観光小笠原の幕あけとなった。

元航海長の植原一樹氏が描いた第19号輸送艦。戦後の食糧難打開のため、マッカーサー司令部の許可の下、捕鯨母船として、関係者の期待をになった。

昭和五十三年六月二十六日現在、小笠原の人口は、父島千四百五十五名、母島四百七十三名、合計千九百二十八名である。（総理府発表）

小笠原島に民謡はなかったが、兄弟分の島に当たる八丈島の民謡「八丈節」には、小笠原を歌ったものがある。

父（島）を離れて
　ワントネを越えて行けば
母島乳房山（はやし）しよめしよめ
（注、ワントネは、母島北端、乾崎の別名。船乗りにとっては、情緒に富んだ歌である）

思い起こすと、戦前のわが捕鯨業界では、昭和十一年、捕鯨母船日新丸が神戸の川崎造船所で建造された。これを皮切りに、第一図南丸、第二日新丸、第二図南丸、第三図南丸、さらに極洋丸と、捕鯨母船がつぎつぎに建造された。そして昭和十三年から十五年にかけては、六船団があちらこちらの捕鯨場で、華々しく活躍していた。そして日本捕鯨界は、最盛期を迎えた。

ところが、昭和十六年に入ると、これらの母船がつぎつぎに軍から徴発されて、六隻とも戦時中に撃沈され、終戦時には一隻の母船も残っていなかった。付属の捕鯨船にしても、終戦時に残っていたのは、文丸と第二関丸のわずか二隻にすぎなかった。

捕鯨母船のない、捕鯨船二隻だけの捕鯨では、アメリカ方式の捕鯨方法しか考えられなかった。アメリカ方式とは、母船の舷側洋上で鯨の解剖を行なう方法である。だから捕獲目標としては、死体が海面に浮く鯨、すなわち背美鯨と抹香鯨に限定された。そして解剖の上は、脂皮だけを基地に持ち帰って採油する方式で、皮・肉・骨を完全に採取することはできなかった。

せっかく、マッカーサー司令部の許可があっても、資源活用の見地からは、中途半端なアメリカ方式しか実施できないことを、捕鯨関係者はとても残念がっていた。

このとき、一等輸送艦の艦尾スロープを利用して、鯨体を甲板上に引き揚げ、資源の全面活用はできないかとの意見がでてきた。とはいっても、この艦種は四隻しか残っていないし、いずれも復員輸送に駆り出されていた。

しかも四隻とも、戦勝国のアメリカ、イギリス、ソ連、さらには中国に、戦利品として引き渡すことになっている。捕鯨の漁期は迫っているし、捕鯨用に改装の日時がとれるかどうかも分からない。幸い、第一九号艦が呉で入渠修理中だった。

食糧難打解という、日米共通の問題解決策として、当時としては異例中の異例として、第一九号艦の捕鯨母船への転用が、マ司令部から、思いがけなくもすみやかに許可された。こうして第一九号輸送艦は、捕鯨関係者から、救世主として温かく迎えられた。

小笠原とアメリカ式捕鯨が話題になれば、中浜万次郎を見逃すわけにはいかない。

万次郎は、文政十年（一八二七年）、土佐藩多郡中の浜で漁師の子として生まれた。十五歳の一月、鯨船に乗り組んで出漁中、暴風雨に襲われて遭難し、一週間漂流した後、同僚四名とともに南海の無人島（現在の鳥島と思われる）に漂着した。五ヵ月の後、米国捕鯨船ジョン・ホーランド号（船長、ウイリアム・H・ホイットフィールド氏）に救助された。ホーランド号は、半年間、太平洋上で操業したあとホノルル港に入港した。同僚四名はここで下船し、日本向けの便船を待つことになった。万次郎は船長の奨めにしたがって、船にとどまって米国に行き、文明教育を受けることになった。

ホーランド号は、その後二年間、南太平洋で鯨を追った後、南米南端のマゼラン海峡を回って、一八四四年、北米ニューベッドフォードに帰着した。万次郎はこの間、捕鯨技術に十分熟達することができた。彼はその後、ホイットフィールド船長宅で手伝いをしながら、小学校に通い、また数学者ハアゾレから数学、測量、読書、習字などを学んだ。

弘化三年（一八四六年）四月、捕鯨船フランクリン号にて出帆し、南太平洋ジャワ・スマトラ海域で捕鯨に従事した。ハワイ・マニラなどをへて三年にわたる航海中、鯨五百頭を獲て、ニューベッドフォードに帰ってきた。この間、ホ船長が病気になったときには、万次郎が推されて船長代理をつとめた。

ふたたびホ船長の家にいたが、日本に帰る計画を立て、カリフォルニア経由でホノルルに渡った。そこで、先に別れた同僚三名（うち一名は死亡していた）とともに、中国向けの米国商船に乗り、嘉永三年（一八五〇年）十月ホノルルを出発し、翌年一月二日、琉球の沖に到着し、一月三日、上陸した。半年以上も取り調べを受けた後、鹿児島に、さらに長崎に護送され、ここでも取り調べを受け、嘉永五年（一八五二年）六月、ようやく土佐藩に渡された。万次郎が古里に帰ってきたのは、じつに十二年ぶりのことだった。

翌年、ペルリ来航の機会に江戸へ召し出され、江川太郎左衛門の配下となって、航海、測量、造船の役に任じられた。安政六年（一八五九年）、幕府の船を改修して小笠原に出漁したが、不幸にも暴風雨にあって船をこわし、そのまま品川沖に帰った。万延元年（一八六〇年）には、通訳官として咸臨丸に乗り組み、二月、米国に向かい、五月には帰国した。文久二年（一八六二年）、捕鯨の利を幕府に説き、帆船平野一番号の船長として、十二月出港し、小笠原に向かった。捕鯨に着手して抹香鯨二頭を捕獲しただけで、中止のやむなきに立ちいたった。

中浜万次郎は、青少年時代の数奇な運命から、日本の開国以前にアメリカに渡り、数学、測量、航海、語学などの教養を身につけることができた。また捕鯨技術に関しては、米国捕鯨船ジョン・ホーランド号のウイリアム・H・ホイットフィールド船長から、五年以上にわたって実地に鍛えられた。そして船長病気にさいしては、推されて船長代理もつとめてきた。その万次郎も、日本に帰ってからは、よき理解者とたのもしい協力者に恵まれなかった。そしてその後ふたたび、万次郎の英姿を、捕鯨船上で見かけることはなかった。

元治元年（一八六四年）、薩摩に招かれ、開成所で航海、測量、造船術、さらには英語を伝授し、慶応三年（一八六七年）十二月に江戸に帰ってきた。明治二年、大山、品川、池田、板垣らとともに欧州に出張した。途中、米国に立ち寄り、ホイットフィールド船長を訪ね、ロンドンにいたり、明治四年に帰国した。以後、病弱となり、明治三十一年（一八九八年）、七十二歳の天寿を全うした。

万次郎の死後五十年、第一九号艦乗員と大洋漁業派遣員は、敗戦日本の捕鯨第一船として、捕鯨ゆかりの地ここ小笠原に出漁してきた。そしてホイットフィールドと万次郎と異邦人二人の間の深い友情、さらには彼らの捕鯨事情をしのんだ。また、日本における捕鯨の歴史も、つぶさに研究してみて先人の苦労も分かってきた。

マッカーサー司令部の好意ある許可があったことも踏まえ、日本国民の期待に応えるため、第一九号輸送艦乗員も大洋漁業派遣員も、心を合わせて新任務達成に邁進しようと、決意を新たにした。

(2) 船の電気

大洋漁業派遣員の大友亮氏は、『捕鯨雑談』の末尾に「船の電気」と題する一文を付記している。大友氏は、一九号艦の主《もと》発電機が交流と聞いたとき、多年の念願がかなった喜びがわいてきた、というような書き出しで、つぎのように書いている。

——昭和十一年、日本で初めて建造された捕鯨母船日新丸（二万二千百九十トン）に乗り組み、引きつづき五年間勤務した。発電機は、直流三百キロワットだった。陸上では、どこもかしこも交流を使っているのに、最新式の船がなぜ直流だろうかと、不思議でならなかった。

なるほど、交流発電機は並列運転がむずかしいし、負荷変動による乱調の現象もある。また、速度制御ができないとか、機動回転力が弱いとかの問題もある。このような問題は、陸上でもあるはずだが、陸上では交流を使っている。船の主発電機は、なぜ直流なのだろうかと疑問を持った。そこで先輩の機関員に質問して回ったが、はっきりした回答はなかった。「船で、なぜ交流を使いませんか」と、質問したところ、「商船学校で、交流を教えないからさ」との迷答もあった。確かにその当時、卒業して船に乗ってみると、どの船も直流ばかりで、交流の船はなかった。だから実技を教える商船学校では、交流は教えなくてもよい、との理屈も一応は成り立つ。しかし、これでは「鶏《にわとり》がさきか、卵がさきか」に類する論議で、船はなぜ交流を使わないか、との質問に対する真面目な回答にはならない。——

このような経験を持っている大友氏にとって、一九号艦が交流だったことは、大きな喜びだった。ちなみに、商船が交流を使いはじめたのは、昭和三十年以降のことである。さらに大友氏は、付記として、「交流の周波数と、鰻の蒲焼きの相関関係について」と題する、珍しい論文を発表している。

——交流には、周波数すなわちサイクルがある。昭和四十三年四月から、この呼び方が「ヘルツ」に変わった。ドイツ電磁波学界の権威者ハインリチ・ルドルフ・ヘルツの名をとったわけである。

さて日本では、静岡県の富士川と新潟県の糸魚川とを結ぶ線を境界線として、関東・東北地区は五十ヘルツ、関西地区は六十ヘルツになっている。明治二十九年、日本がはじめて発電機を輸入するとき、ドイツから入ってきたのが五十ヘルツで、米国から入ったものが六十ヘルツだったから、このようになったといわれている。

話は変わるが、静岡・愛知付近を境界線とするものに、鰻の蒲焼きがある。関東側は武士が多かったので、腹切りは縁起が悪いということで、背開きにし蒸してから焼いている。ところが、関西側では、腹開きにして蒸さないで焼いている。

だから五十ヘルツ地区では背開きにし、六十ヘルツ地区では腹開きにしているわけである。

(注、鰻開きの境界線は、正確には、豊橋と三川駅との中間あたりと言われている)周波数と鰻の開き方との間には、何の関係もないはずだが、同じ静岡県あたりを境界線として、全国を二分していることは興味ふかい。——

静岡県といえば、関東地区の地震と無縁ではない。筆者のような九州(佐賀県)育ちは、関東に行くと地震の多いのに、まず驚かされる。だとすると、やはり静岡県あたりを境として、関東地区と関西地区との「鯰《なまず》」に、生態的な差があるかも分からない。

博識の大友氏にお目にかかる機会があれば、鯰の生態の地域差について、質問してみたいと思っている。

このように大友氏は、『捕鯨雑談』の中で、輸第一九号艦の主発電機が交流だったことは、多年の念願がかなって嬉しかったと書いているが、今日にいたっては確かに交流だったと証明する方法が見当たらない。

ところが、水測士・田村泰二郎少尉(拓大出の予備士官)が、当時の思い出としてつぎのような手記を寄せた。それによると、

——田村少尉は、艤装員当時、上陸しては休養のため呉水交社に出かけていた。そこの廊下には、見馴れない細長い管が、皓々《こうこう》と光り輝いていた。(注、光り輝いていた管は、現在の蛍光灯だが、当時としては珍しい物だった)

田村少尉は、この細長い管が欲しくてたまらず、舎監室にいたり、舎監の某中佐に、有償

で二、三本分けていただきたいと申し出たところ、つぎのような返事だった。

「昔の武士は、出陣に当たって兜に香を焚《た》いたと聞いている。出撃に当たって、艦内を飾ろうという君の気持は、昔の武士に一脈相通ずるところがある。君のその純真な真心に免じて、無償で五本差し上げる。厳しい戦局だが、心おきなく戦ってきたまえ」

　昭和十九年当時、士官室に蛍光灯が輝いているのは、おそらく本艦だけだろうと、田村少尉は内心、大いに得意だった。ところが、主砲の十二・七センチ高角砲を一発うったら、自慢の蛍光灯は一つ残らず壊れてしまった。そして田村少尉は、海軍艦艇が電球を使用していた理由を、改めて知ったと述懐している。

　ちなみに戦後の田村氏は、東京目白で、建築会社社長として活躍している。それにしても、家庭持ちならともかく、独身者の田村少尉が水交社の蛍光灯に目をつけたとは、「栴檀《せんだん》は双葉より芳し」と言うことだろうか。

　現在の自衛艦では、室内灯はほとんど蛍光灯である。戦後強くなったものは、女性と靴下と言っているが、このほかに蛍光灯のあることを忘れてはならない。

*

　この大友氏について、奥野艦長はつぎのように述べている。

奥野正大尉は第19号艦の艦長として、食糧難打開のために小笠原捕鯨の任務についた。

「――大友さんの論文を読んでみると、まずその博識ぶりと名文に感心させられる。どんなお方だろうかと会ってみると、村夫子然とした小柄な人で、しかも訥々とした話しぶりである。このような大友さんの、どこからあのような名文がでてくるのだろうかと、まったく驚かされる。とても小柄な体つきで、眼鏡の奥でしばたたく柔和な眼差しの大友さんと、大勢の荒くれだった鯨とりの漁夫たちを統括しておられる船団長とは、まったく別人のように思えてならない。

正直のところ、一九号艦が捕鯨母船として行動をはじめたころ、一営利会社の業務に協力することを、こころよく思っていない者もいた。そこで艦長としては、

『現在の日本は、極度の食糧難に悩まされている。大勢の餓死者が出るだろうと言われている。捕鯨作業に協力することは、引揚輸送に従事することにくらべて、優るとも劣らない重大な仕事である』

と、たびたび訓示していたが、それでも不満を拭い切れない者もいた。

大友さんは、会社側と一九号輸送艦との間に立って、いつも誠実な態度で、遠慮がちに折衝にやってこられた。大友さんの誠実さに心打たれ、いつの間にやら気も合うようになって、しんみりと人生談義をしたこともあった。

大友さんの誠実さは、艦長だけに特別に示されたわけではなく、一九号艦乗員の総員に向けられていた。また大洋漁業の派遣員たちの仕事ぶりは、真剣そのもので、仕事の厳しさも感じられた。

『至誠天に通ず』という。輸送艦の総員が、自発的に大洋漁業に協力するようになったのは、大友さんの誠実さと、派遣員の真剣な仕事ぶりだったと思う。

また大友さんは、仕事の関係がなくなった数十年後でも、一九号艦の会合にたびたび出席して下さった。先年、会合が終わってから大友さんを、山手線の最寄駅まで見送りにいった。いくらか老衰されたように見うけられたが、悟りの境地に達しておられると感じた」

＊

つぎは奥野艦長の「捕鯨日誌」の一部である。

「昭和二十一年三月十五日　金曜日　雲

今朝は、久し振りで海上は穏やかになった。低気圧が連日のように東支那海に発生し、日本沿岸へ東進をくり返しているため、春の海とは思われないように風波はげしく、うねり高い今日このごろだった。

昨日、抹香鯨の大群を追い求めて、文丸、それに関丸の両船はともに六頭、計十二頭の獲物を仕留め、舷側には並び切れないまでに鯨がつながれた。今朝は早朝から鯨の解剖で、なにかしら船内は気合いの入った空気がみなぎっている。

三十五播州丸は、十二日の晩にはここに到着していたが、時化でこれまで荷役ができなかった。今日こそは横づけして、久しぶりの生糧品、米、みそなどの補給ができそうである。抹香鯨三頭を防舷物（両艦が横づけするとき、舷側を傷めないようにする物）の代用として、午前七時に横づけして荷役ははじまった。

一方、事業員は大包丁を器用に動かして、解剖に余念がない。母船の甲板は狭いから、これまでは三頭も処理すると、肉の山で身動きもできなかった。今日は舷側に播州丸が、さらにその外側には第一新生丸が横づけしている。大切れの肉は播州丸に、細かく切った肉塊は第一新生丸に収納したので作業はトントン拍子に進んだ。

午前中に六頭も解き終わり、夕刻には第一新生丸を内地に帰せそうだと、拡声器で報道された。

『本日、内地に向けての便がある。希望者は、夕食までに手紙を士官室まで持参せよ』

一昨日、時化のため第三新生丸を沈めたが、今日の午前中は順調に進めてきた。ところが、午後になって、海が荒れてきて横づけを離すことになった。

運の悪いことに、第一新生丸は横づけを離すときに、本艦の艦尾にぶっつけて、船体に穴を明けてしまった。水線上の穴だから沈む心配はなかったが、せっかく積みこんだ肉を、第三十五播州丸に積みかえることになった。結局、木造運搬船は洋上作業に不向きで、役に立つどころか足手まといになるばかりだった。

運の悪いことは重なるもので、第三十五播州丸が横づけを離すとき、防舷物代わりの抹香鯨に鋼索《ワイヤ》を引っかけてしまった。九頭までは解き終わっていたが、後の三頭は立羽を立てて、腐肉信号をやりはじめた。

北東風が強くなり、艦は南西方向に二ノットくらいの速さで流されてゆく。陸岸近くで錨泊できれば、母船の位置標示に好都合だが、いまやアメリカ領になった島々には、領海三マイル以内には近寄れない。

今日のキャッチャーは、文丸が抹香四頭、関丸が鰯《いわし》一頭を仕留めて母船に近寄ってきたが、鯨渡しはできなかった。やむなく両船は反転して、島影で一夜を明かすことになった。これまで総計三十一頭の鯨を捕ったが、果たして何頭を内地の食膳に提供できただろうか。とにかく、戦後はじめての母船式捕鯨である。これからも苦労はつづくだろうが、一九号艦乗員と捕鯨隊員と心を合わせて、食糧難打開のため頑張り抜こう」

なお、このときの乗組員は、艦側が奥野艦長以下百名、大洋漁業側六十六名だった。大洋漁業側の内訳は、大友施設課長のほか、幹部五名、作業員六十名である。大友課長は、南氷洋捕鯨に五回の経験をもつベテランだった。

文丸の名砲手・泉井守一氏は南極国際捕鯨オリンピックでも、華やかな業績を残した。

ともあれ、優秀な世界的砲手、泉井、山下両氏の活躍によって、百十三頭の大戦果を挙げることができた。それでも終猟期ごろには、陸地が恋しくなり、むやみと引き揚げを急ぐ気持になった。小笠原諸島も、当時は米国の領土になっていて、領海三マイル以内にも入れない状態だった。すぐそこに陸地を眺めながら、土を踏めないことは、なんと言っても口惜しいかぎりだった。その間、漁場と内地との間を、何回も往復している運搬船の役割が、なんともうらやましかった。それだけに、いざ内地に帰れるとなると、その喜びはひとしお深かった。四月二十日早朝、八丈島に仮泊したときには、樹木をとても美しいと感じたし、土の香りが鼻をついてきた。

翌二十一日、東京の芝浦に入り、二ヵ月ぶりにやっと内地の土を踏むことができた。

航海長渡辺赳夫氏は、当時のようすをつぎのようにつづっている。

「——鯨がはじめてデッキに引き揚げられたとき、あまりの大きさにびっくりした。母船が小さくてローリングするので、鯨は左右に暴れまわる。解剖の人たちは、戦場さながらの悪戦苦闘で、あげくのはては、鯨体保持用エプロンの熔接がはずれて、ふっ飛んでしまう始末だった。草鞋ばきの作業員が、揺れ動く鯨に襲いかかるように、大きな解剖刀を手に、狭いデッキを敏捷に駆けまわり、手早く処理した光景は生涯忘れられない一コマであった。その他、ハッチコーミングから浸水し水浸しになった居住区、母島をはるかに眺めて探照灯を照らして東へ西へ移動しての捕鯨船との会合。ふじつぼの沢山ついた長い手っ羽の座頭鯨、流線美の長須鯨、かわいい感じの鰯鯨、そしてグロテスクな抹香鯨、鯨油でつるつる滑るデッキ。ドラム缶をつけての肉渡し、新生丸の接触沈没事故、冷蔵庫のビルジがふさがって必死の排出作業。そして泉井砲手の船に乗って、勇壮活発な捕鯨の見学。『船は生きている』と言うのが私の実感だった」

手記を寄せた渡辺赳夫氏は、小笠原捕鯨シーズンの二月から五月まで昭和二十一年から二十三年の間、輸送艦で三回、小笠原捕鯨に参加した。これが機縁となって、二十三年十二月、中塩、吉田、高見沢の三氏といっしょに、大洋漁業に入社することになった。

二十二年の小笠原捕鯨母船には、第一九号艦のほか、第一六号輸送艦が参加した。第一六号艦艦長磯辺秀雄大尉は、奥野大尉と兵学校の同期生である。磯辺大尉は、戦時中、特殊潜航艇乗りとして、また潜水艦乗りとして活躍していた。さらに戦後、海上自衛隊に入隊し、砕氷艦「宗谷」の副長として、また艦長として、二回も南極の海を航海した。小笠原捕鯨の体験が、南極航海に役立ったかどうかは聞きもらした……。

ところで、奥野艦長は、キャッチャーボート文丸の名砲手・泉井《いずい》守一氏についてつぎの手記を寄せたが、その心酔のほどがしのばれる。

「泉井さんは、戦前の南氷洋捕鯨の草創期、ソ連・ノルウェーなどの強豪相手の捕鯨競争において、つねにトップの捕獲数を達成され、世界一の名声を博しておられたと聞いている。戦後の小笠原捕鯨では、キャッチャーボート文丸の船長兼砲手として活躍しておられた。『泉井砲手来る』のニュースが伝わるや、漁場全体の空気が、ピーンと引きしまったように感じられた。本社の捕鯨部長にしても、捕鯨母船の事業主任にしても、泉井さんに対しては、一目も二目もおいているように見受けられた。

戦後の南極国際捕鯨オリンピックの檜舞台では、あるいは砲手として、あるいは船団長として、存分の働きをされ、そのつど、華やかな業績を残してこられた。大洋漁業は、泉井さんの永年の功績にむくいるため、創業以来はじめて、泉井さんを砲手出身の重役に登用した。その後、泉井さんは会社顧問になられ、伊豆の修善寺で、夫人とともに悠々自適の生活を送っておられる。

十年ほど前、東京で開いた一九号艦戦友会には、わざわざ出席して下さり、久しぶりに旧交を温めることができた。捕鯨の道で最高峰をきわめられた泉井さんに、捕鯨の現場で接することができて、望外の喜びだった。人生の師表として尊敬しています」

11　捕鯨よもやま話

(1)　あぶら汗

丹羽嘉郎氏が、復員帰省して自宅でのんびりしていたとき、突然、召集令状が舞いこんできた。第一九号輸送艦機関長として、復員輸送に従事することになった。昭和二十年九月のことである。戦時中に、姉妹艦の第二〇号輸送艦機関長として勤務していたので、職務上はさして苦労することもあるまいと思った。

敗戦直後の混沌とした世相で、馴れない陸上生活をするよりも、馴れた舟乗りでしばらく過ごすのも、案外気らくだろうと思って着任した。幸い乗艦した当初の二ヵ月間は、パラオ、トラック島からの復員輸送で、さしたるトラブルもなく、まずは順調な滑り出しだった。

ところが、二十一年一月、呉で入渠修理中に、考えてもみなかった難問題にぶつかった。一九号艦が、大洋漁業株式会社に貸与され、小笠原漁場で捕鯨母船として参加することになったのである。占領軍に、重油の支給方を交渉したが、マッカーサー司令部としては、復員輸送の艦には支給するが、民間会社に貸与される艦には支給しない方針ということだった。

そこで大洋漁業に重油の手配方を申し入れたところ、同社では在庫もないし、入手の見込みもないと言う。当時、民間では重油を販売している会社はなかった。大洋漁業では代案として、大豆油を相当量在庫しているので、大豆油を重油の代用にしてもらいたいと、同社の重役から連絡があった。

第19号輸送艦機関長・丹羽嘉郎氏。重油代用として大豆油を焚き、苦心して航海した。

たとえ上層部からの提案であっても、できる相談とできない相談がある。いくらかの労働強化で解決できることなら研究の余地もあるが、これは労働強化で解決できる問題ではない。大豆油の熱量がどのくらいあるのか見当もつかないし、三十kg／㎠の圧力はとても出せそうにない。そこで責任者として、責任が持てないと断わった。

しかし、大洋漁業としては、重油入手の見込みはまったくたたないので、重油代用としての大豆油使用を試験してほしいと、担当重役からあらためて依頼があった。そこで、大豆油を重油の代用として使ってみることで検討をはじめた。大豆油は重油にくらべると、凝固点が高い。二月の小笠原諸島は、北西の強い季節風が吹いて、気温がとても低くなる。その気温で、大豆油が凝固することも考えられる。

さしあたり出港にさきだち、油タンクの中に蒸気管《スチームパイプ》を通して、大豆油をタンクの内部から温めるように施工した。そして大豆油を焚いて走るときには、ドレン（蒸気管の中にできた水）抜きに注意しながら、なんとか艦を走らせることができた。大きな事故も起こさずに、大豆油焚いての航海を、どうやらぶじに終わることができた。——丹羽機関長は、当時の苦労話として、このように語ってくれた。

さきごろ私（筆者）は、新橋駅駅前の大和田鰻《うなぎ》店で、一九号艦ゆかりの左記の諸氏と会談の機会をえた。

機関長・丹羽嘉郎、先任将校・細谷孝至、機関長付・神谷誠一、水測士・田村泰二郎。

丹羽氏はその折り、小笠原捕鯨の当時を回想しながら、私につぎのように語った。

「大豆油を焚いて走るときには、どうなることやらと心配して、冷や汗がでましたよ」

丹羽氏に取り立てて反論はしなかったが、私は心の中でつぶやいた。

「丹羽さん。そのときに出た汗は、冷や汗じゃありませんよ。それは、あぶら汗だったはずですよ」

(2)　捕鯨母船

捕鯨母船の役割は、捕鯨船《キャッチャーボート》が捕獲した鯨を、船尾から船内に引き揚げて解剖処理し、捕鯨船の求めに応じて、水、燃料、食糧を補給することである。ときには、修理工事を引き受けたり、傷病者を収容することもある。

鯨を解剖するには、たくさんの機械とか動力が必要だから、上甲板には、多数の揚貨機《ウインチ》、巻取胴《キャプスターン》、骨を切る蒸気のこぎりなどが据えつけてある。この上甲板で、鯨を解剖し、さらに細割りを行なうので、ここを解剖甲板と呼ぶこともある。

その下の甲板は、工場甲板ともいわれる。ここには、製油工場、上から落とされた原料を塩蔵や冷凍に加工する設備、乗員の居住施設、調理室、医務室、修理工場、倉庫などがある。さらにその下には、鯨油、燃料、水などを入れる数多くのタンクに仕切られている。

もちろんこれは、南氷洋に出かける二万トンもある本格的な母船の話で、わずか二千トンの輸送艦では、この理想的な規模には遠くおよばなかった。

ちなみに、南氷洋へ行く日新丸では、大型の白長須鯨を一日で三十頭近く解剖できるが、それでも甲板はひろびろとしていて、伸び伸びと作業ができた。輸送艦では、普通の鯨でも二、三頭解剖すると、デッキが一杯になって窮屈に感じられた。

鯨を上甲板に引き揚げると、腹を右か左に向けさせ、横臥の姿勢で解剖場に運ばれる。そこで監督官が体長を測り、体の外見的な調査をする。

この調査が終わると、解剖員が薙刀のような大庖丁を使って、まず尾羽を切り落とす。そして、表面の脂肪皮をウインチではぎとる。上部の肉や肋骨をはがし、つづいて内臓を出してから、頭と胴を首から切り離す。頭は別にして、残った胴体を裏返しにして、皮・肉の順序ではがし、最後に脊椎骨が残る。

鯨を皮、肉、内臓、骨に大別する解剖を、荒解剖という。荒解剖の主役は、ウインチやキャプスターンなどの動力で、解剖員は要所要所にちょっと庖丁を入れて、機械力を助ける役割である。荒解剖された肉は、截割員《せっかついん》の手でさらに細かく切られる。

内臓は、食用になる部分、薬用になる部分、製油原料となる部分に分けられる。肋骨や脊骨は採油の原料となる。

もちろん、狭い輸送艦内で、すべての解剖処理が行なわれたわけではない。ただちに運搬船で陸上に運ばれ、一部作業は陸上で行なわれた。昨日まで、海の王者として、大洋をわがもの顔で泳ぎ回っていた鯨も、いまは皮、肉、内臓、骨とバラバラにされてしまった。流れ出た血液も、生臭い臭いとともに海に流され、あとには何も残っていない。鯨一頭の処理時間は、わずか一時間足らずだった。

事業主任の大友さんは語った。

「鯨は腐敗しやすく、捕獲してから、一昼夜ぐらいの間に解剖しないと、鮮度がガタ落ちします。だから母船の方では、いつ鯨を渡されても、ただちに解剖できるような態勢をととのえておかなければなりません。時化の晩など、とても大変なことですよ」

鮮度の落ちないうちに処理しようと、事業部の仕事は、勤務時間とか時間外などとは無関係に、使命感に燃え、熱気をもってつづけられる。これら事業部の人たちにとって、とても嬉しい電報が届いた。「三五バン、ツミコミ四〇〇トン、シナヨシ、カテイハイキウスル」(第三十五播州丸に積みこみの鯨肉四〇〇トン、品質が良いので、家庭配給に回す)

夜中までかかって処理した肉を東京へ行く運搬船に積んだ。その肉の品質がよかったと、本社からの電報である。ドッと喊声があがる。

「おれたちの苦労が認められた」

「だから、鯨とりはやめられん」

捕鯨船が鯨を渡すため、ときには食糧、燃料、水などを受け取るため、母船に横づけしてくる。運搬船は、製品を受け取るため、やはり母船に横づけしてくる。この時期、北西の季節風が強く、小笠原海域はいつも時化ている。舟乗りにとって、荒海での沖荷役ほど危険な作業はない。

先日は、鯨肉八十トンを積んだ木造運搬船が、横づけ荷役中に母船とぶつかって、積荷もろとも沈んでしまった。幸い人身事故はなかったが、それでも会社に大きな損失をあたえた。それからの大友主任は、口癖のようにつぶやいていた。

「運搬船が母船に横づけしているとき、船同士がぶっつかり合う、ドスンドスンという音を聞くたびに、命がちぢまります」

(3)　春の海

北京の故宮博物館、参道の両側に、一対の「こま犬」が置いてあった。雌雄の区別が分かりますかと、案内人からたずねられたが、だれも答える者はいなかった。案内人曰く、「玉を持って遊んでいる方が雄です。母親は苦労して子供を育てているのに、父親は酒飲んでほっつき回っている世相をあらわしています」と。この説明を聞いて、筆者も男性の一人として、内心忸怩《じくじ》たるものがあった。

さきごろ、捕鯨母船の船長をしていた期友の奥野から、捕鯨にまつわる話を聞いた。鯨の夫婦が泳いでいるとき、砲手はまず雌を狙う。雄鯨は、痛ましい妻の周りを回って離れない。雄鯨をさきに射つと、雌鯨は夫を見捨てて、一目散に逃げて行くとのことだった。

この話を聞いて、動物学者は言うだろう。

「雌鯨は健気である。夫に対する私情を捨てて、種族保存のためにひとまず虎口を逃れる」

世情に通じた人は、つぎのように言うだろう。

「雌鯨の心と春の海」――なるほど、「女心と秋の空」とも言う。鯨も人も、結局は同じ動物か……。

(4)　尾羽

仕留めた鯨を母船に引き揚げるときには、鯨の尾羽の付根をワイヤで巻き、船尾の傾斜面《スリップウエー》から、揚貨機の動力を使って引き揚げる。尾羽がなくなると、せっかくの獲物も、母船に引き揚げられないことがある。すなわち、役に立たなくなってしまうわけである。「尾羽うち枯らす」とは、本来、鳥の尾と羽がみすぼらしくなったことから出た言葉だろう。だが、鯨の尾羽と解釈しても、意味が通ずるような気がする。

(5)　双生児

一等輸送艦は、呉工廠と三菱造船横浜の二ヵ所で着工され、呉では十五隻、横浜では六隻が竣工した。呉で生まれた輸送艦の特長は、双生児の多いことである。たとえば、輸九号艦と輸一〇号艦とがそうである。

呉では、戦艦「大和」を建造した大ドックの中に、輸送艦二隻分の龍骨《キール》を並べ、同時に工事を進めていた。前記の双生児二艦は、十九年十月、初仕事として、笹川隊（隊長、笹川勉中尉、甲標的四隻）をフィリピン群島セブまで運搬した。

両艦はその後もともに、多号作戦のオルモック輸送に従事していたが、第五次輸送において、輸一〇号艦は敵機の爆撃で撃沈された。輸九号艦は武運に恵まれ、終戦まで生き残り、戦後は復員輸送に小笠原捕鯨に活躍していた。

昭和四十八年、輸九号艦の戦友会発足に当たっては、航海長として復員輸送にも従事した厚海栄太郎大尉が会長に就任した。ここで珍しいのは、双生児の両艦が、現在合同して戦友会を開いていることである。「血は水よりも濃し」というところか。生みの親の福井少佐にしても、そこまでは予想していなかったことだろう。

(6) 捕鯨笑い話

第一九号輸送艦は、戦時中には激しい空襲の合間をぬって、ときには呉から四国南岸へ、ときには九州東岸へと、輸送に大活躍していた。

ひとたび敗戦となるや、さっそく捕鯨母船に身をかえて、敗戦日本の食糧確保にと、昭和二十一年三月には小笠原海域に進出していた。その名も懐かしい母島は目の前だが、いまはアメリカ領ということで、その領海三マイル以内には近寄れない。

一九号艦の乗員たちは、母島を見つめて、「母親ながら、いまは敵側の大将・清盛の側に侍っている常盤御前を恋う幼児たちの心情を」わが身につまされて、感じ入っていた。

艦は、風波やうねりに身をまかせ、荒海・潮流に流されて、漁期の三ヵ月間は毎日朝から晩まで、主機械を使って漂泊していなければならなかった。

キャッチャーボートの文丸、関丸は、今朝も早くから鯨を求めて、太平洋狭しと駆け回っている。今日は大漁だ。両船ともそれぞれ、六頭ずつの鯨を仕留めて母船に凱旋してきた。ところが、一九号艦の乗員にとって、捕鯨は初めてのことだから、珍談・奇談も少なくなかった。

(イ) 生半可

A「文丸の引っぱってきた鯨のうち、一番右側の鯨は、他の鯨にくらべると、目が小さいねえ」

B「一口に鯨と言うが、沢山の種類があるんだよ。ざっと拾い上げても、長須鯨、抹香鯨、鰯鯨、座頭鯨などがある。君の言うのが、きっと座頭（注、座頭とは、盲人の琵琶法師の位をいう）だよ」

(ロ)　鯨の大きさ

A「B君、君はなかなかの物知りだが、一番ちっちゃい鯨は、何と言うだろうか」

B「ハッキリ知っているわけではないが、名前から〝いわし鯨〟じゃないかね」

小学館発行の『日本百科大事典』によれば、クジラ類は、歯鯨類とひげ鯨類に分けられている。

歯鯨類は、歯を持っているが、ひげはない。両方の鼻道は皮下で合一していて鼻孔は一個である。雄が雌より大形で、一般に一夫多妻の生活をしていて、大群をなして回遊している。この類の大型である抹香鯨でも、雄でせいぜい十五メートル、雌は十メートルである。クジラとしては小形のものが多く、わが国の瀬戸内海からインド洋にかけて分布するスナメリは、体長わずか一ないし一・三メートルにすぎない。

ひげ鯨類は、歯がなく、くじらひげが生え、鼻孔は二個ある。雌の方が雄よりも大きく、一夫一婦で、あまり大群をつくらない。くじらひげは三角形で、多数重なり合って上あごからたれ下がっている。海水とともにアミや小魚などを口中に汲い込み、海水をひげの間からはき出し、口の中に残ったものを食べる。

この類には大型のものが多く、最小のコイワシ鯨でも体長十メートルはある。地球上最大の動物と言われる白長須鯨は三十メートルにも達する。一般に、行動は静かである。

鯨類は生活分布が広く、えさを求めて南北を回遊する。中には、揚子江、ガンジス川など、淡水だけにすむカワイルカもいる。出産は暖かい海で行ない、一腹一子である。

一般に二十分か三十分、抹香鯨は一時間以上も潜水できる。水中から浮き上がると、潮吹きを行なう。海水を吹き出しているのではなく、肺の空気をはき出している。このはき出す空気が、圧力と温度の急変によって水滴が生じ、雲のように見える。潮吹きの形が、鯨の種類によって異なるので、捕鯨のさい種類を見分ける手がかりとなる。

(ハ)　どちらが大きい

捕鯨作業に明け暮れている捕鯨母船の甲板《デッキ》で、鯨と奈良の大仏とでは、どちらが大きいだろうかと話題になった。

A「鯨がいくら大きいと言っても、大仏さんにはかなわないさ」

B「それが、素人の浅はかな考えさ。おれとしては、鯨の方が大きいと思うよ。よくよく考えてみろ。大仏は金属でできている。言うなれば、金尺だ。金尺よりも、鯨尺の方が大きい（長い）。だから鯨が大仏よりも大きいと言うわけさ」（金尺は曲尺《かなじゃく》）

昔、クジラのひげで造っていたことから、鯨尺の名が出たが、その後は竹で造った。長さを測る物差しの一種だが、昭和三十四年にメートル法が実施されてからは、もちいられなくなった。曲尺の一尺が鯨尺の八寸に当たり、鯨尺はかね尺よりも長い。鯨尺の一尺は、約〇・三七九メートルである。

一般社会では、かね尺をもちいていたが、呉服屋だけは鯨尺を使っていたので、別名を呉服尺とも言った。どういうわけで、二とおりの尺が使われたのか分からないが、一説には、ある呉服屋が客引きのために、五分ほど長い物差しを用いたことにはじまったといわれている。(『日本百科大事典』より)

12　輸送艦の最期

輸送艦の取材を通じて、輸送艦戦友会について知りえた情報はつぎのとおりである。

三号艦は、昭和四十六年十一月、呉海軍基地に慰霊碑を建立した。三号艦が、敵潜水艦の雷撃を受けたのは、十九年九月十五日である。毎年九月、戦友会をひらいている。会長は丸井盛之介氏。

第五号輸送艦は、ダバオ桟橋付近において、敵機の執拗な攻撃を受けて撃沈された。乗員百八十名のうち生存者わずか二名という、きわめて痛ましい最後だった。

筆者は取材旅行の途中、大牟田市において、期友奥野正（輸一九号艦艦長、旧姓柴田）の案内で、五号艦機関長の墓前にぬかずいて、献花焼香の機会をえた。墓石には、つぎのように刻んであった。

（表側）＝故海軍少佐　白石数一之墓　維時昭和十九年九月十四日第五号輸送艦乗組中比方面ノ戦闘ニ於テ戦死ス　享年四十一歳　法名　釈真行信士

（裏側）＝建立　白石萬亀夫　昭和三十一年七月二十九日

九号艦は、昭和四十七年二月二十七日、第一回の戦友会を長崎市でひらき、十四名が出席した。五十四年からは、九号艦と双生児の間柄にある、一〇号艦の乗員も出席することになった。

その後、毎年三月上旬、各県の持ち回りでひらくことにしている。六十一年、第十五回の広島会には、一〇号艦航海長幸《ゆき》利喜男大尉も出席した。このように現在の九号艦戦友会は、一〇号艦乗員も包含している。

菅原四ツ男氏（長崎県諫早市）は九号艦戦友会発足の立役者で、当初の六年間、事務局長を勤めた。菅原氏は、師徴（師範学校をでた徴兵）で、事務能力にすぐれていたことが、戦友会の発足に幸いした。近年体調すぐれず、広島会には出席できなかったので、有志六名は六十一年三月、菅原氏をその自宅に見舞い、広島会の報告をした。筆者（松永）も、調査のため同席させてもらった。会長は前田豊氏。

毎年七月、靖国神社御霊祭には、九号艦の提灯を、東京在住の飯田博通氏が、代表として献灯している。

五十七年十二月、前田豊会長その他の尽力により、会長宅の敷地内に慰霊碑を建立した。碑は自然石を使ってあり、書は松原幸光・事務局長の筆である。

一七号輸送艦の戦友会は、昭和五十九年十一月二十四日、奄美大島の瀬相港に戦没者銘牌と大島輸送隊奮戦記概要碑を建立した。

つぎは建立碑に記された「大島輸送隊奮戦記概要」である。

「第一七号一等輸送艦は、一九四五年二月八日、竣工後一ヵ月足らずの訓練の後、甲標的丁型特殊潜航艇二隻と武器、弾薬、糧食六百トンを満載して三月八日より十日の間に沖縄那覇港の敵前揚搭に成功し、第二回輸送の直前一九四五年三月、米軍の沖縄上陸作戦が開始されたため、急遽、予定を変更して沖縄にもっとも近い前進基地奄美大島に武器弾薬、糧食、特攻兵器の敵前輸送を強行することになり、大島輸送隊が編成された。

主力部隊は第一七号一等輸送艦（武器弾薬、糧食六百トン、蛟龍丙型特殊潜航艇二隻）、第一四五号、第一四六号二等輸送艦（武器弾薬、糧食二百五十トン、トラック二台）の三隻、護衛部隊は第一八六号海防艦、第四九号、第一七号駆潜艇の三隻、計六隻が第一七号一等輸送艦艦長の指揮の下に敵機敵潜水艦の攻撃を排除しつつ瀬相港に入港し、同年四月二日午前一時半より午前六時半までの間に官民の一致協力により輸送物資のほぼ全部の揚搭に成功した。

その直後午前六時五十分より午後二時四十分まで、米戦闘爆撃機Ｆ６Ｆのベ二百機以上の銃爆撃により海防艦一八六号は午前十時半に轟沈し、戦死者五十三名、第一七号一等輸送艦は午後十一時三十六分に爆沈し、戦死者四十九名が帰らぬ人となり八十名が戦傷した。これより前、別働の第一八号一等輸送艦は、三月十八日以降消息を断ち、全員戦死した。

ここに戦没者の業績を後世に伝え、偉業を偲ぶ縁《よすが》とし、その霊を慰めるためと日本の恒久平和を念願して、ここ瀬相港にこの碑を建立した」

第一七号輸送艦艦長時代の丹羽正行大尉について、福井静夫技術少佐は、戦後、筆者につぎのように語った。

「当時の丹羽大尉は、ひげをはやしておられました。二十歳代の若さで艦長になられ、輸送隊指揮官になられました。部下を指揮統率するにも、対外交渉を有利に進めるためにも、威厳を示す必要があったわけでしょう。平生の丹羽大尉は、おとなしいご性格のお方と見うけていました。しかし、輸送艦の防空兵力の増強で意見を述べられたときには、その誠意と気迫を、私はひしひしと感じました。私は造船官として、そのような青年将校にめぐり会えたことを、喜びとともに誇りと思っています」

丹羽大尉は、さきごろ筆者に、輸送艦の体験記をまとめてみたいと洩らしていた。輸送艦の建造がはじめられたのは、昭和十八年九月ごろのことである。だから終戦までわずか二年足らずしかない。厳しい戦況下で、困難な任務に挑んでいた輸送艦は、そのほとんどが二度と日本に帰ってはこなかった。だから海軍軍人でも、輸送艦について知っている人は少ない。知られざる艦・輸送艦について、体験記が発表されるのを望んでやまないのは、筆者一人ではあるまい。

一九号艦は、戦友会をこれまでに二十数回ひらいている。昭和六十一年は六月二十二、二十三日の二日間、伊豆長岡温泉の安田家でひらかれた。大洋漁業の泉井守一さんも、筆者（松永）も客員として参席した。泉井さんはすっかり戦友会にとけこんで、八十二歳の高齢ながら得意ののどを披露した。

ここで、一つ付言したいことがある。それは、明治人はとても思慮深いし、周到だということである。

軍人に関しても、上層部《トップ》には乃木希典大将、東郷平八郎大将の話があるし、中間層《ミドル》には、橘周太中佐、広瀬武夫中佐の話がある。そして兵員には、木口小平、三浦虎次郎（勇敢なる水兵）、一太郎やーいなどの話を残している。

昭和に入ってからは、大将、中将の話は、屋上屋を重ねる状態である。それにくらべると、中間層とか兵員の話はあまりにも少ない。そのような人たちの勇戦敢闘にも、後世に対する教訓もかならずあったはずである。ところが、この種の話はあまり伝えられていない。

そのような世相にかんがみ、筆者は前著『先任将校』(光人社)で、「名取」短艇隊指揮官の、先任将校小林英一大尉のことを公表した。軍艦「名取」は、陸岸から六百キロも離れた洋上で、敵潜水艦の雷撃を受けて撃沈された。小林大尉は、総員の反対を押し切ってカッター(大型ボート)を漕いで陸岸に向かうと決断した。途中の苦労はあったが、死地におちいっていた百八十人の命を救うことができた。実業人のリーダーシップとか決断にも、参考になる話である。

今回は、第九号輸送艦の奮戦を通じて、同艦艦長赤木毅少佐を披露した。赤木少佐は、岡山県倉敷市出身で、東京高等商船学校に進み、航海科第七十一期生として、大正九年九月に卒業した。

赤木少佐は平生から、部下に向かって荒っぽい言葉も使わず、粗野な振舞もしなかった。そして部下の行動振舞を詳細に観察していて、部下に対して信賞必罰の態度で臨んでいた。いざ危険、困難に直面しては、自信を持ち、部下を信頼して、沈着果断、逡巡することなく困難に立ち向かった。だからこそ、二度と生きては帰れないと言われたオルモック湾に、六回も突入し、そのつどぶじに帰ってきた。

「断じて行なえば、鬼神も避く」との格言を、みずからの命を賭けて実行して見せた赤木毅少佐こそは、指揮官の模範である。

筆者はさきごろ、赤木毅少佐の出身地の倉敷市に出向いて、その消息を調査してみた。倉敷の電話帳には、赤木という姓が二百名ほどのっている。弁護士の波多野二三彦さんが、数十人の赤木さんに電話してみたが、はっきり分からなかった。その後、黒崎昭二さんの調査で、姪の赤木和子さんが東京に住んでおられることが分かった。

つぎに、第一九号輸送艦の最後について、述べる。

＊

昭和二十年四月以降、敵大型機は瀬戸内海の航路妨害のため、夜間に機雷投下をはじめたので、掃海海面でなければ安全な航海はできなくなった。さらに敵小型機は、昼間、わが物顔に日本の空を飛びかうようになってきた。

このため、一九号艦（彼女）の妹分に当たる第二一号艦は、就役して間もなく、瀬戸内海で敵機に撃沈された。そのような戦況で、彼女は、呉から九州東岸および四国南西岸向け戦備物件の輸送を五回も成功し、呉鎮守府管内の幸運艦と自他ともに許していた。

昭和22年秋、波瀾に富んだ生涯を終える第19号輸送艦最後の日について語る岡田昭氏。

そして最後は、休む暇もなく、邦人および復員輸送に、また捕鯨作業に、八面六臂の大活躍をしていた。この働き者の彼女にも、悲しい運命が待ち受けていた。彼女の晩年について、一分隊の岡田昭氏はつぎの手記を寄せた。

「――昭和二十二年の残暑厳しいころ、彼女は残存小艦艇の仲間とともに、長浦地区に係留されることになった。彼女は、英国向けの賠償指定艦で第三群に属したので、標識として煙突に三本の白線を巻いた。いずれ折りを見て解体され、賠償金として英国に支払われることになった。煙突には白いカバーがかけられ、陸上電源を利用することになり、発電機も止められた。

彼女の発電機、電動機が回っている間は、うるさいと思い、やかましいとぼやいていたが、いざ止まってしまうと、なんだか物悲しく感じられてきた。海軍時代は、毎晩の就寝前の巡検がとても嫌だった。その巡検がなくなってみると、気の抜けた張り合いのない生活になってしまった。

ＧＨＱに申請してある第三次捕鯨作業が許可されるかどうかが、彼女の運命を決めることになる。最後の望みの綱も断たれ、彼女はいよいよ浦賀船渠《ドック》で解体される身となった。

晩秋のある日の午後三時、ドックマスターと回航員が、引導をわたす導師のように乗艦してきた。

僚艦から見送りの『帽振れ』もないし、旗旒《きりゅう》信号のやりとりもなく、彼女はひとりさみしく最後の船出をした。それは野辺のおくりにも似て、彼女が元気で活躍していた晴れ姿が、乗員の頭の中を走馬灯のように駆けめぐった。

浦賀水道を南下し、海堡付近に差しかかったとき、変わりやすい秋の空からは、急に強い秋雨が降りだした。神様が彼女にあたえられる涙雨か最後の化粧水と思って、乗員は濡れるにまかせて、彼女の最後の航海を見まもってやった。

浦賀湾口では面舵《おもかじ》一杯にとり、急角度に変針して、めざす造船所の岸壁に向かった。そのときにはにわか雨もあがり、西の空には秋の落日と夕焼けが見えるだけだった。タグボートに導かれ、造船所北側の修理岸壁に横づけされた。

こうして彼女は、波瀾に富んだ一生を、やがて閉じる運命となった。乗組員は、私物をまとめてただちに退艦することになり、すでに暗くなった三崎街道を、運航部に向かって歩いた。

保安灯に照らし出された彼女の姿を振り返ったとき、思わず『ご苦労様でした』の言葉が、口をついて出た。思えば彼女は、わずか三年足らずの短い一生だった。小さな体で、最後の日本を支えようと、力いっぱいの努力をしてくれた。しかし、『大厦《たいか》の倒れんとするや、一木の支うるところに非ず』とか……。私はひとり、つぶやいた。

第一九号輸送艦よ、あなたは解体され、新しい鋼材に生まれ代わって、日本再建の一翼を担ってくれるだろう。私も復員した後、やはり日本再建のために新たな道を歩きます。どんなに苦しく辛くとも、おたがいに励まし合って頑張りましょう。第一九号輸送艦よ、最後に一つだけ約束します。

『あなたの現身《うつせみ》はなくなっても、あなたの船名符号（ＪＤＴＸ）と、あなたの勲《いさお》しは、永久に忘れません』――」

＊

最後に、輸送艦の代表として、第九号輸送艦の一生を振り返って本篇を終わることにする。

思い起こすと、昭和十八年秋、南方ソロモン群島海域の戦況は、次第に悪化し、敗色一辺倒になってきた。ここで戦況を挽回するばかりでなく、積極作戦に転ずる契機をつかもうと、軍令部ではまったく新しい性格の艦を企画した。合い言葉「総反攻撃砕」を実践するのが新しい企画の艦であると、大きな期待をもって生まれてくることになった。

この新しい企画の艦は、全例のない性格の艦で、従来のどの艦種にも該当しない。特型の特務艦という観点から、さしあたり「特々」の略称で建造を急ぐことになった。第一艦が完成した後になって「輸送艦」という新しい艦種を設け、小艦艇の分類に入れることになった。大型で高速のものを一等輸送艦とし、小型で機甲陸戦隊を搭載するものを二等輸送艦とした。日本海軍では、給油艦、軽質油運搬艦、砲塔運搬艦、それに給糧艦など、およそ物を運ぶ艦は特務艦に分類されていた。だから物を運ぶという観点に立てば、この新しい企画の艦は特務艦ということになる。

ところが、特務艦は、積極的にこちらから敵に攻撃を仕掛ける兵器は、持たないのが原則である。新しい企画の艦は、敵の制空、制海圏内を突っ走り、敵前で揚搭作業を行なうので、攻撃兵力も必要である。攻撃兵力の観点に立つと、新しい企画の艦は、特務艦の範囲からはみ出してしまう。

そのような討論のすえに、攻撃兵力を持っている部類の、小艦艇の仲間入りすることになった。

第９号輸送艦は10号艦と共に工事が進められ、戦時急造型だが艤装兵器は一級品ばかりだった。しかし、兵器増装のため、居住性は悪化してしまった。

小艦艇にも序列があり、従来はつぎの序列だった。

(1)砲艦、(2)海防艦、(3)掃海艇、(4)駆潜艇、(5)敷設艇、(6)特務艇

この序列のどこに入れるかで、また一悶《ひともん》着《ちゃく》があった。だが、結局は、海防艦のつぎと定められた。

輸送艦が、歴史のある掃海艇、駆潜艇の上席に位置づけられたことは、当時の海軍が、新計画のこの「輸送艦」に、大きな期待を寄せていたからである。

一等輸送艦は、呉工廠と三菱造船横浜の二ヵ所で建造された。呉では、戦艦「大和」を建造した大ドックに、輸送艦二隻分の龍骨《キール》を並べ、二艦並行して工事を進め、三週間後には浮揚進水させた。このため画期的な大ブロック式組立法が採用された。すなわち船体は、

前部から後部に向けて四部分に分けた。

あらかじめ各部分は、それぞれの作業場で組み立てを完成させ、ドック内ではこれらを継ぎ合わせるだけだった。しかも進水時に、機関の搭載もすませ、工事の大部分を終了することも可能だった。ブロックの最大重量は、百トンにも達した。進水してから一ヵ月後には竣工させるので、起工から竣工までわずか二ヵ月足らずだった。

輸送艦は艦型こそ戦時急造型の様式だったが、積載していた兵器は、いずれも当時の一級品ばかりだった。輸送艦の対潜、対空兵器は、当時の最新式で質量ともにすぐれていた。同程度の連合国のフリゲート艦にくらべて、優るとも劣らない優秀艦だった。

射撃装置、十三号レーダーも装備され、増設機銃の相互干渉も問題はなかった。十二・七センチ主砲も十分な射程を持っていたし、爆雷も増載した。速力も二十三ノットは出たし、復原力も十分だった。

しかし、急速建造に加えて、兵器の増装が相ついだので、乗員の居住性は悪くなり、乗員は暑い南洋で苦労が多かった。士官室、第一と第二兵員室は前部で、第三と第四兵員室は後部である。とくに後部は、バラストタンクの注排水用のエゼクター装置まで取りつけたので、狭い上にいっそう狭くなってしまった。

九号艦は、昭和十九年九月十九日、公試のため広島湾へ出動したが、造機部の都合で延期された。翌二十日に再出動して諸公試を終わり、夕刻より工廠総務部において性能審議会が行なわれた。

工廠側より本艦の公試成績を説明し、工廠側委員はいったん退席した。そこで中央・呉鎮守府および赤木艦長の各委員で審議がすすめられた。審議の結果、中央に対し、つぎのとおり打電した。

「九号、本日諸公試完了。審議の結果、就役に適するものと認む」

この報告を受けて、海軍大臣より命令があった。

「本艦を受領せよ」

二十日、赤木艦長は工廠側に申告した。

「受領いたします」

こうして、輸第九号艦は工廠の手を離れる運びとなった。

九月二十一日、呉工廠の栈橋《ポンツーン》では、第九号輸送艦の引渡式が行なわれた。そして同艦には、真新しい軍艦旗が掲げられた。同様な手続きをすませて、同月二十六日には、第一〇号輸送艦の引渡式が行なわれた。

二ヵ月前、輸第六号艦は引き渡し後、佐伯の訓練指導隊で三週間の訓練期間をあたえられた。しかし、戦局が極度に逼迫した折柄、九号艦と一〇号艦には、訓練期間をあたえられなかった。両艦は、それぞれ甲標的二隻ずつを搭載し、引き渡しを受けてから十日あまりの十月十一日には、呉を出撃して、フィリピンに向かうことになった。

輸第九号艦と第一〇号艦は、積載した甲標的二隻ずつを、セブ島までぶじに運搬し、初仕事をみごとに成功させた。そして両艦は、マニラ司令部の命を受けて、多号作戦部隊に編入され、オルモック湾への輸送に従事することになった。

両艦は第五次オルモック輸送の途中、十一月二十五日、島影に仮泊していたところ、敵艦上機による大編隊の爆撃を受けた。一〇号艦は撃沈され、九号艦は被害を受けたものの、捨錨出港して沈没をまぬがれた。

輸九号艦は武運めでたく、オルモック湾への輸送をつぎつぎに成功させ、その間、二回にわたって軍艦表彰を受けた。

昭和二十年一月二十四日、輸送艦生みの親、福井静夫少佐にとって、この日は一生忘れられない日になった。わが子とも思える九号輸送艦が、生まれ故郷の呉軍港に錦を飾った日である。

これまで、南方に出撃した輸送艦は、ほとんどが一、二ヵ月の間に撃沈されていた。九号艦が、幾度か死線を越えて、三ヵ月ぶりに帰ってきた。しかも、軍艦表彰という、お土産まで持って帰ってきた。

赤木艦長から、戦闘のようすを聞いている間に、輸送艦で機雷敷設ができるだろうかとの質問があった。福井少佐は、

「防備部隊に高速敷設艦が不足しているので、輸送艦にこの任務を兼務させたいと、海軍省に意見具申をしています」

と答えて、わが意を得たりとの感をもった。

九号輸送艦はその後、横須賀鎮守府配属となって、小笠原諸島方面への緊急輸送の任に当たり、ここでも軍艦表彰を受けた。

戦後は、トラック島からの復員輸送に従事し、また一時、極洋捕鯨株式会社に貸与され、小笠原捕鯨にも参加した。

一等輸送艦の中で、最高勲章の抜群の成績を挙げたのは、九号艦であることは、関係者のひとしく認めるところである。アメリカ向けの賠償艦に指定されていたが、昭和二十三年春には、谷口俊雄艦長指揮の下、三年目の小笠原捕鯨に出漁した。このとき、輸一九号艦の残留員だった先任将校細谷孝至、航海長渡辺赳夫以下約二十名が、輸九号艦に乗りこんだ。捕鯨船の砲手船長は、前年、苦楽を共にした大洋漁業の泉井守一氏だったので、おたがいに再会を喜び合った。船団長は、水産講習所出身の松沢氏だった。

同年六月末、東京の石川島造船所で解体され、第九号輸送艦は、数々の輝かしい業績を残しながら四年足らずの波瀾に富んだ短い一生の幕を閉じた。

あとがき

先年、私は、『先任将校』（光人社刊）と題する著書を出版したが、そのあらましは、こうである。

昭和十九年八月、軍艦「名取」は、第三号輸送艦とともに、マニラから西太平洋のパラオ島まで、緊急戦備物件の輸送に従事した。「名取」は途中、敵潜水艦の雷撃をうけて撃沈された。場所は、フィリピン群島サマール島の東方六百キロの洋上だった。

乗員六百名のうち、二百名たらずが生き残り、カッター（大型ボート、定員四十五名）三隻が残った。航海長・小林英一大尉（当時二十七歳）が指揮官《リーダー》となり、軍艦「名取」短艇隊を編成した。味方の偵察機は、駆逐艦が救助に向かっている旨の通信筒を落とした。小林大尉は、洋上でカッターが発見される確率は小さいからと、フィリピンに向けて橈《かい》を漕《こ》いで行くと決断した。全員反対したが、小林大尉は決断を変えなかった。

こうして、星座を見つめて方角を定め、ほとんど飲まず食わずで毎晩十時間漕ぎつづけ、十三日目の朝、陸岸にたどりついた。次席将校だった筆者が、このときの体験をつづったのが、『先任将校』である。

出版後、たくさんの読後感がよせられたが、大別すると、短艇隊に関するものと、輸送艦に関するものとに分類される。前者には、小林大尉を称《たた》えたものが多かったが、なかには伴野剛敬氏（東亜国内航空㈱取締役、運航本部副本部長）など、つぎのようにチームプレーと解釈した人もいた。

「先任将校は、フィリピンに行くと方針を決められました。幕僚は、その方針にそって、どの星をどう見て夜間に何時間こぐと、具体的な方法を見つけました。兵員は、その方法を実行しました。隊員全員が、その持ち分をまもったからこそ、みごとなチームプレーとなり、海軍常識では不可能なことを、可能にしました。平和時代の会社経営にも、団体行動にも、教訓となります」

つぎに輸送艦に関するものは、つぎのような質問が多かった。

「三号輸送艦は、その後どうなりましたか。日本にぶじに帰ってきましたか」

「輸送艦と書いてあるのは、輸送船か運送船の間違いではありませんか」

「一等、二等輸送艦の、それぞれの要目を知らせて下さい」

筆者は、昭和十五年に海軍兵学校を卒業し、戦時中は軍艦乗りとして、いつも第一線ではたらいていた。第〇〇号輸送艦艦長に兵学校の期友《クラス》が四名も任命されたので、その種の艦種が新たに制定されたことは、戦時中から知っていた。しかし、建造目的とか、輸送艦が戦中、戦後どのようにはたらいていたかについては、調査に取りかかるまで十分知らなかった。そのころ、調査してみると、輸送艦に関する資料が、とても少ないことに気がついた。

『先任将校』の出版元から電話があった。

「三号輸送艦の戦友会会長・丸井盛之介氏が、『名取』の乗員を捜しています」

そこで筆者は、上京した折りに、丸井氏を、名取戦友会会長・今井大六氏（横浜市）、名取短艇隊指揮官・小林英一氏（小平市）の、それぞれのお宅に案内した。また、三号艦を設計建造した福井静夫氏が、その乗員に会いたがっておられたので、丸井氏を福井氏宅にも連れて行った。

これらのことがきっかけとなり、名取会には三号艦から、三号艦会には「名取」から、それぞれ代表者が出席して、両艦の戦友会は相互乗り入れの状態となった。筆者が三号艦の代表者に東京・八重洲で会ったとき、丸井会長のほか、鈴木一馬氏は浜松から、中西敏郎氏は伊勢から、田村弘定氏は千葉・市原から駆けつけた。また、同艦が前線に輸送した陸軍兵の杉山茂氏も来ていたが、杉山氏はすっかり海軍仲間にとけこんでいた。

一七号輸送艦艦長・丹羽正行とは期友の気安さから、何回となく打ち合わせをした。そのつど一八号輸送艦（艦長・大槻勝氏）のことが話題となり、丹羽の僚艦をしのぶ心根が察しられた。

一九号輸送艦艦長・奥野正も期友だが、矢田一彦・機関長付がつくった艦内新聞を保存していた。終戦ごろの粗末な紙質だが、丁寧な文字のプリント印刷には、真心がこもっていた。
岡山で谷太三郎氏に電話したら、筆者のホテルまで訪ねてきてくれた。細谷孝至氏の肝いりで、新橋駅前の大和田鰻店で会談したときには、丹羽嘉郎、田村泰二郎、神谷誠一の諸氏が集まった。

太平洋の荒波にももまれたし、爆弾、機銃弾の洗礼も受けたが、もっとも苦手は検便棒というのが、これら海の勇士の大方の意見だった。一九号艦では、邦人輸送でコレラ患者がでて、半月ほど艦ごと隔離されたことがある。爆弾、機銃弾は命中するとは限らないが、検便棒はかならず命中して逃れようはないとのことだった。

『海軍兵科将校』（光人社刊、志賀博著）の文中に、九号輸送艦の乗り組みとして、飯田博通氏の御名を見出した。光人社より連絡してもらい、同氏経営の保育園を訪ねた。そこで、厚海栄太郎、佐々木幸康、松原幸光の諸氏の御名を知った。

佐々木氏からは電話で、赤木毅少佐の艦長ぶりとか人となりを聞いた。松原幸光・事務局長からは、名簿などたくさんの資料をいただいた。また戦友会有志が、菅原四ツ男氏宅（長崎県）を訪ねるとき、筆者も同道させてもらった。お陰で、前田豊会長のほか、六名の人たちと対談することができた。一〇号艦乗り組だった平石重邦氏も来合わせていたが、一〇号艦のようす、さらには同艦がセブ島まで運んだ特殊潜航艇の話を聞いた。

九号艦艦長というよりは、全輸送艦乗りの立て役者だった赤木毅少佐は、倉敷市のご出身である。その調査を、岡山の波多野二三彦弁護士にお願いした。倉敷の電話帳には、赤木姓が二百ほどある。数十名の人たちに電話してみたが、はっきりしないとのことだった。黒崎昭二氏（㈱クラレ研修所社長）が海洋会に問い合わせて、赤木艦長の姪御さんが東京に住んでおられることが分かった。

丸井会長といっしょに福井氏宅を訪ねたとき、輸送艦は退勢を挽回するだけでなく、驕る敵を撃砕する目的で建造することとなって大量生産に踏み切り、日本海軍ではじめてマスプロ工法を採用したと聞いた。

輸送艦は、外観こそ戦時型で優美さはないが、性能も搭載兵器も優秀で、当時の同規模の連合国側のフリゲートにくらべても、けっして見劣りしないとのことだった。またこのマスプロ工法は、戦後の日本造船界が、世界に雄飛した一つの原動力になったということを知った。

そして福井氏は、丸井氏に向かって、

「輸送艦は完成すると、ただちに、苛酷な任務をあたえられていました。輸送艦の乗員は、本当にご苦労さまでした」

と、勇士に対する礼を尽くされた。丸井氏と筆者は帰り道で、この日の訪問のようすを、なんとか世間に広く知らせる方法はなかろうかと話し合った。

思い起こすと、輸送艦が実戦に参加するまで、敵が上陸地点として狙うような最前線の島《とう》嶼《しょ》にたいして、駆逐艦か軽（二等）巡洋艦が弾薬、糧食などを輸送していた。筆者は、軽巡「那珂」では、トラック島からクエゼリン島（片道二二〇〇キロ）へ、トラック島からポナぺ島（片道一三〇〇キロ）へ、それぞれ一回輸送した。さらに軽巡「名取」では、マニラからパラオ島（片道二二〇〇キロ）までピストン輸送をしていて、三回目の往路、敵潜の雷撃をうけて撃沈された。

輸送艦は、敵が日本の補給線を断ち切ることに本腰を入れはじめたころ、この種の輸送を肩代わりすることになった。このため輸送艦の苦労はとても大変だったし、その被害も大きかった。輸送の経験を持っている筆者は、輸送艦乗員の苦悩を理解できるし、輸送艦のことを書くのは筆者にあたえられた使命と思うようになった。

いま一つ、輸送艦のことを書く心の支えになったのは、物の乏しかったころの日本人は、「国家社会の恩」を感じていたし、他人への思いやりを持っていたと知ったことである。戦時中、おたがい明日をも知れない戦友の間に、肉親以上の戦友愛があったし、造船官と艦艇乗員との間にも心の触れ合いがあった。

戦後の邦人引揚輸送では、自分の将来を犠牲にして復員船で働いた乗員たちもいたし、復員船「巨済」が入港するたびに、交代で博多まで出向いて船員の労をねぎらった久留米女子青年団団員もいた。また、引揚船でお握りをいただいて、お握りをつくった人たちの苦労をしのんだ女学生もいた。

使命感に燃え、心の支えを持ってはいても、途中で何回、投げ出そうと思ったかしれない。だが、光人社の高城肇社長、出版部長牛嶋義勝氏に励まされて、ようやくまとめあげることができた。しかし、後世に残るような輸送艦に関する良書を書くことは、筆者の能力をはるかに上まわっていると、筆者自身十分承知している。本書によって、「輸送艦」という言葉が世間の話題となり、本書がその叩き台になるならば、筆者望外の喜びである。

本書の独断や偏見については、読者諸賢の遠慮のないご叱正、ご高導をお願いしたい。また、本書の取材にご協力くださったお方たちには、末筆ながら、紙上を借りて、衷心より厚くお礼を申し上げる次第である。

昭和六十一年九月

松永市郎

＊主な参考文献は次の通りです＊「日本の軍艦」福井静夫・出版協同社＊「特種潜航艇」佐野大和・図書出版社＊「海の戦士の物語」織田五二七・竹井出版＊「レイテ島に行くんだ」吉松吉彦＊「海軍兵科将校」志賀博・光人社＊「アパカの緑色映えて」杉山茂ほか＊「捕鯨」前田敬治郎・寺岡義郎・日本捕鯨協会＊「リーダーシップ」日本生産性本部

昭和六十一年十月　光人社刊

NF文庫

三号輸送艦帰投せず

二〇一九年十二月二十一日　第一刷発行

著　者　松永市郎

発行者　皆川豪志

発行所　株式会社　潮書房光人新社

〒100-8077　東京都千代田区大手町一-七-二

電話／〇三-六二八一-九八九一(代)

印刷・製本　凸版印刷株式会社

定価はカバーに表示してあります
乱丁・落丁のものはお取りかえ致します。本文は中性紙を使用

ISBN978-4-7698-3147-1　C0195

http://www.kojinsha.co.jp

NF文庫

刊行のことば

第二次世界大戦の戦火が熄《や》んで五〇年――その間、小社は夥しい数の戦争の記録を渉猟し、発掘し、常に公正なる立場を貫いて書誌とし、大方の絶讃を博して今日に及ぶが、その源は、散華された世代への熱き思い入れであり、同時に、その記録を誌して平和の礎とし、後世に伝えんとするにある。

小社の出版物は、戦記、伝記、文学、エッセイ、写真集、その他、すでに一、〇〇〇点を越え、加えて戦後五〇年になんなんとするを契機として、「光人社NF（ノンフィクション）文庫」を創刊して、読者諸賢の熱烈要望におこたえする次第である。人生のバイブルとして、心弱きときの活性の糧《かて》として、散華の世代からの感動の肉声に、あなたもぜひ、耳を傾けて下さい。